馬翠蘿

兒童文學作品

精選集

山邊出版社有限公司

馬翠蘿兒童文學作品精選集

作　　者：馬翠蘿
責任編輯：陳友娣
繪　　畫：陳雅琳
美術設計：何宙樺
出　　版：山邊出版社有限公司
　　　　　香港英皇道 499 號北角工業大廈 18 樓
　　　　　電話：(852) 2138 7998
　　　　　傳真：(852) 2597 4003
　　　　　網址：http://www.sunya.com.hk
　　　　　電郵：marketing@sunya.com.hk
發　　行：香港聯合書刊物流有限公司
　　　　　香港新界大埔汀麗路 36 號中華商務印刷大廈 3 字樓
　　　　　電話：(852) 2150 2100
　　　　　傳真：(852) 2407 3062
　　　　　電郵：info@suplogistics.com.hk
印　　刷：中華商務彩色印刷有限公司
　　　　　香港新界大埔汀麗路 36 號
版　　次：二〇一七年四月初版
　　　　　二〇二〇年八月第三次印刷

ISBN: 978-962-923-443-0
© 2017 SUNBEAM Publications (HK) Ltd.
18/F, North Point Industrial Building, 499 King's Road, Hong Kong
Published in Hong Kong
Printed in China

馬翠蘿，青少年文學作家、資深編輯。長期從事兒童圖書編輯及小學語文教科書編撰工作，業餘時間為青少年及兒童辛勤寫作。

馬翠蘿的創作領域甚廣，包括小說、散文、童話、詩歌、報紙專欄文章等。她的作品緊貼時代脈搏、滲透積極向上信息，通過引人入勝的故事反映光明面，述說美好人生，故深受青少年讀者、老師及家長歡迎，更兩度榮膺小學生書叢榜「小學生最喜愛作家」。

作品曾多次獲獎，例如：

- 冰心兒童圖書獎：《這個男孩不太冷》、《非典型女孩》、《跨越生死的愛》、《鋼琴女孩》、《迷失歲月》、《重複的十五號》、《你喜歡哪顆星》等。

- 香港「中學生好書龍虎榜」十大好書：《偶像插班生》、《這個男孩不太冷》、《網上友情》、《非典型女孩》、《迷失歲月》。

- 香港教育城「十本好讀」：《迷失在 ICQ 的少女》、《兩個闖禍的少年》、《跨越生死的愛》、《穿越時空的公主》、《迷失歲月》、《第一公主》。

- 香港小學生「書叢榜」十大好書：《不是公主不聚頭》。

因為愛

馬翠蘿

選擇寫兒童文學，是因為我對孩子的愛；在這條路上能走得堅定不移，是因為孩子對我的愛。從香港到中國內地，小讀者給我的友誼和支持是我筆耕不輟的動力，我以自己是一名兒童文學作家為榮。

感謝山邊出版社有限公司為我出版這本《馬翠蘿兒童文學作品精選集》。整本書分為五輯——校園故事、人間有情、愛在家庭、成長路上、奇幻專區。

「校園故事」講述了校園裏同學之間、師生之間的溫馨互動。討厭的同學為什麼最後成了自己偶像？丁一在學校裏出名是因為他有個百寶袋，這百寶袋裏究竟有些什麼寶貝呢？……

「人間有情」描寫了人性的真善美。鄰居婆婆的家裏常常傳出熱熱鬧鬧的聲音，真相令人流淚；阿奔因為車禍不能走路了，為什麼同學卻湊錢給他買了一雙鞋子？……

「愛在家庭」充滿了濃濃的愛。小男生建建為什麼喜歡住醫院？一盒榴槤怎樣挽救了一個家庭？……

「成長路上」的故事中，反映了孩子在成長路上碰到的各種煩惱和喜悅。粵劇學校的小演員爭演花木蘭，

最後是誰被選中了呢？小謙去機場接表哥，卻接到了一位伯伯，怎麼回事？……

「奇幻專區」用奇幻手法，通過一個個有趣的故事傳遞正面訊息。《平平在好話王國》裏，不愛聽批評意見的小男孩，終於實現願望去到好話王國時，為什麼千方百計要逃走？《遊戲機王國歷險記》裏，一羣因沉迷遊戲而誤入險境的孩子，是如何打敗魔王，回到現實世界的？……

這一切一切，當你看完這本書之後便會發出會心微笑：哦，原來是這樣！

兒童文學是愛的文學，它告訴我們世界的美好，讓我們知道愛、理解愛、擁有愛；兒童文學是教育的文學，它教我們明辨是非，知道什麼是真善美，什麼是假醜惡；兒童文學是快樂的文學，它為每一個孩子的童年生活帶來開心歡笑。和兒童文學一起長大的孩子，生命的初始便能充實、美好，這些孩子都是幸福的孩子，心裏有愛的孩子。

希望世界上所有孩子都是幸福兒童。

目錄

校
園
故
事

校園故事

名家導讀

活潑生動的筆觸，
優質的兒童成長養分

卓瑩

　　優秀的兒童小說之所以難能可貴，是在於它除了必須具備一般小說應有的閱讀趣味外，還能透過精彩的故事，為兒童提供身心健康的養分，務求他們在享受閱讀的樂趣之餘，能把書中的養分兼收並蓄，以收潛移默化之效。而馬翠蘿老師創作的故事，正正就具有這個特點。

　　馬老師的想像力極為豐富，擅於以活潑生動的筆觸，將大量知識或哲理巧妙地融入於故事當中，不但開闊了孩子的眼界，更大大提升故事的趣味性，緊湊的情節就好像一隻八爪魚似地牢牢抓住讀者的心，迫使他們非一氣呵成地把故事讀完不可。

　　此輯選集中的校園故事篇，共收錄了八個短篇故事，作品題材既貼近孩子的生活，卻又蘊含深意，每篇的寫作手法亦各異其趣，為孩子提供不同的趣味與養分。像《偶像插班生》一文，馬老師以輕鬆幽默的手法描寫了男生裴大衞對新來的女生前倨後恭的轉變過程，

令我們明白待人接物要謙和，不可仗勢欺人。

　　而另一篇《大明和小明》則以孿生兄弟的有趣點子，帶出做人要誠實的道理；又如《婭婭和她的朋友》一篇，透過轉折的情節，描寫友情在面臨考驗時的困惑以及應有的態度，筆觸真摯細膩，令人動容。

　　馬老師在揣摩孩子心理的功夫尤其了得，她筆下的人物，一個個都顯得鮮明立體，不但能令孩子看得投入，更可啟發他們對自身行為的領悟及反省，培養出良好品格。如此優良之佳作，當然值得大家一再回味，身為後輩的我亦翹首盼望馬老師能繼續創作出更多的佳作，為孩子的童年添上美好的一頁。

卓瑩

自小熱愛創作，完成學士課程後，開始致力小說創作。作品曾獲香港教育城「十本好讀」獎項。近年出版的校園小說廣受歡迎，更翻譯成簡體版，在中國內地銷售。

「小翡翠」失蹤了

雯雯從洗手間回到課室，就發現「小翡翠」不見了，只剩下那個荷葉形的玻璃缸孤零零的留在課桌上，這可把雯雯給急死了。

「小翡翠」是一隻綠色的小巴西龜，是雯雯最心愛的小寵物。每天放學以後，她做的第一件事就是給小龜餵食，然後趴在桌子上，饒有趣味地看着小龜腦袋一伸一伸的，四腳爬爬笨拙又可愛的樣子。

今天有通識課，老師要求每個同學都要帶一隻小動物回來，觀察牠們的生活習慣，寫一份報告。所以，早上返學的時候，同學們都紛紛把家裏養的小兔小白鼠呀，小金魚小龜呀，都帶回了學校。雯雯也小心翼翼地把「小翡翠」帶回來了，剛才因為肚子疼上了一趟廁所，沒想到小龜就不見了。

同學們都熱心地幫雯雯找小龜，但是牆角落椅子底全找遍了，也沒看見小龜的蹤影。有個同學說：「我看小龜一定是爬上了窗台，摔到外面馬路上了。」

雯雯心裏很難過，可憐的「小翡翠」，你在哪裏呀？

這時候，雯雯聽見坐在她斜對面的小強說了一聲：「該死，又爬出來了！」原來小強也帶了一隻巴西龜回來，但他用來裝小龜的紙盒太小了，小龜呆在裏面不舒服。所以老是從紙盒裏爬出來。雯雯就把自己那個漂亮的玻璃缸遞了過去：「小強，給你。」

小強好像不敢看雯雯，低着頭說：「這麼漂亮的玻璃缸，你捨得給我。」

雯雯說：「別客氣，同學之間互相幫助是很平常的事，反正我的小龜都不見了。」說完，就幫小強把他那隻小龜放進玻璃缸裏。好漂亮的小龜啊，就跟自己那隻一模一樣，雯雯不禁歎了一口氣。

這時候，上課鈴響了，這一堂是體育課，才上了一半，雯雯肚子又疼起來了，老師就叫她回課室休息，雯雯無精打采地回到課室，她覺得眼前一亮，只見課桌上放着自己那個荷葉形玻璃缸，玻璃缸裏，「小翡翠」正伸着小腦袋看着她。「小翡翠，你回來了！」雯雯高興得大叫起來。這時候，她才發現玻璃缸下壓着一張紙。咦，是小強的字跡呀！只見上面寫着：

雯雯同學，很對不起。因為我今天沒有帶小動物回來，怕老師會罵，就拿了你的小翡翠，但我已知道自己錯了，請你原諒我吧。

原來是這樣。雯雯笑了，她原諒了小強。

大明和小明

大明和小明是孿生兄弟，他們在同一間學校、同一個班裏讀書。

大明和小明生得一模一樣，同學們常常分不出誰是哥哥、誰是弟弟。他們只知道，大明的語文全班最好，小明的數學全班第一，經常在語文堂上受表揚的是大明，經常在數學堂上受表揚的是小明。

一天晚上，大明和小明一起做作業，這天老師布置的作業特別多，大明照例先做語文作業，小明習慣先做數學作業，做呀做，大明做完了語文，小明也做完了數學。

他們不約而同抬頭看鐘，還有半個小時就到九點了，九點有他們愛看的電視連續劇。但是，大明還有數學作業沒做，小明還有語文作業未完成！怎麼辦？怎麼辦？

今晚是那部電視劇的大結局呢，作惡多端的綁匪應該被抓到了吧？被劫持的小朋友也應該被救出來了吧？可是，作業沒做完，媽媽不會讓他們看電視

的，大明碌碌眼睛，小明眼睛碌碌，一齊想出了辦法。

大明對小明說：「我把語文作業給你抄⋯⋯」

小明對大明說：「我把數學作業給你抄⋯⋯」

抄當然比慢慢想、慢慢算快很多，半個小時足夠了，這樣，不就可以趕在九點看電視了嗎？大明和小明高興地互相擊了一下掌。

大明拿過小明的數學作業正要抄，可是又猶豫了；小明拿過大明的語文作業正要抄，想了想又放下了筆。他們腦子裏想着同樣的問題：抄別人的作業對自己的學習有害無益，而且還是一種不老實的行為，不可以這樣做！

於是，大明把數學作業本還給了小明，埋頭埋腦做數學作業；小明把語文作業本還給了大明，認認真真做語文作業。大掛鐘「噹噹」敲了十下的時候，大明的數學作業做完了，小明的語文作業也做完了。

大明看看小明，惋惜地說：「不知那壞人抓住沒有。」

小明看看大明，擔心地說：「不知那小朋友有沒有被救出。」

媽媽走過來了，摸摸大明的腦袋，又摸摸小明的腦袋，笑着說：「放心吧，我幫你們把電視劇錄下來了，星期天就讓你們看！」

大明和小明高興得齊聲叫：「謝謝媽媽！」

我們班有三十七個學生。我們班有十九張雙人課桌，這就是說，其中有一個人可以「霸佔」一整張桌子，這個幸運兒就是我——裴大衞。

一個人坐一張桌子有許多好處，想和左邊桌子的小安聊幾句時，我就把屁股挪到左邊的椅子，想向右邊的李明問功課時，又可以馬上把屁股挪到右邊的椅子。還有，我可以把書本文具擺滿一桌子，不用擔心「過界」。因為我一個人佔了這麼多地方，同學們都戲稱我做「大地主」。

一天早上，外號「小靈通」的小安神神秘秘地走了過來，告訴我說：「大地主，你好景不長了，聽說我們班要來個插班生，是個女的，她百分之一百會成為你的新同桌呢！」

我一聽心裏很不開心，「大地主」做不成了，還要跟女孩子坐，我就最討厭那些一點小事就大驚小怪、動不動就哭鼻子的女生了！

這時候，班主任徐老師進課室來

了，後面還跟了個面生的女孩子，我的心一沉，看來，這回我劫數難逃了。

果然，徐老師徑直向我走來，給我介紹跟在他後面的女孩子：「大衞，這是你的新同桌李閩，剛從福建轉學到香港，以後你要多幫助她。」

「嗯。」我應了一聲。在老師面前我總得扮扮「純良小白兔」呀。

徐老師走後，我故意板着臉不理睬李閩，還故意把胳膊張得很開，佔了大半張桌子。李閩望了望我，客氣地説：「你把手挪開點好嗎，我要放東西。」

我裝作沒聽見，還故意把手又挪過去一點。李閩生氣了，衝着我大喊了一聲：「聽見沒有，請把手挪開！」

真沒想到這瘦瘦小小的傢伙中氣這麼足，聲音震得我耳朵嗡嗡響，我嚇了一跳，本能地把手縮回去了。等到我回過神來，一想不對頭，堂堂男子漢怎可以輸給女孩子！正要給她一點顏色看看，上課鈴響了，老師進來了，我只好暫時按捺住一肚子氣，不再吭聲。只是心裏在想：君子報仇，十年不晚。等會有你好看的！李閩也沒再説什麼，只是拿出課本和筆盒放在桌上，認真地聽起課來。

放學了，我像往常一樣，從學校旁邊那條僻靜的小路轉出去搭巴士，無意中看見李閩正在前面不慌不忙地走着。我暗暗高興，這不正是捉弄她的好機會嗎！是扮鬼嚇她，

還是扔一條毛毛蟲到她脖子上……正在埋頭埋腦地想着，冷不防從路旁灌木叢中跳出一個兇神惡煞的人來。我定睛一看，馬上嚇得面色發白，這不是上星期在這裏遇見的壞蛋嗎？那天，他扒了一個阿姨的錢包，我看見了大聲喊起來，嚇得他扔下錢包，慌不擇路地跑了。

莫非他今天專門在這兒等我？！

果然，那壞蛋二話沒說，跑過來用力把我一推，把我推得四腳朝天跌在地上，接着抬起腳就要往我身上踢，我絕望地閉上了眼睛，心想這回凶多吉少了！

誰知那隻腳並沒有踢到我的身上，相反地卻聽到那壞蛋「哎喲」地怪叫了起來。我睜眼一看，只見一個女孩子正敏捷地把那壞蛋的雙手往後一扭，同時用膝蓋往那壞蛋的腿彎處一頂，轉眼間，那壞蛋已經雙膝跪地，看他那樣子，十足一個將被斬首的犯人。

「好！好身手！」途人都朝那女孩子翹起大拇指，我仔細一看，咦，她不正是李閩嗎？

幾個途人幫忙把那壞蛋扭送到警局去了，

我摸着跌疼了的屁股，一拐一拐地走到李閩面前。

「謝謝你！」我第一次對一個女孩子佩服得五體投地，「你去過少林寺學武嗎？真了不起！」

李閩笑着説：「我在福建時在業餘武術學校學習過，懂得一點吧。」

雖然她説只是「懂得一點」，但對我這個李小龍迷來説，她已足夠成為我的偶像了！

我想起了在學校時欺負她的事，很不好意思地説：「今天早上……真對不起……」

李閩揮了揮手：「算了吧，我都沒記在心裏。」

我心裏石頭落了地，又説：「你收我做徒弟吧，好不好？」

李閩瞇着眼睛看了我一下，説：「沒問題，但你一定要先改掉你的霸王作風，要不你學會了武術，豈不是更有本錢去欺負同學？」

我連忙指天發誓説：「要是我再欺負別人，就變成一隻烏龜，或者一條毛毛蟲！」

「別在我面前説毛毛蟲這三個字！」李閩突然露出害怕的樣子，「我最怕這東西了，一聽見身上都會起疙瘩。」

想不到這身手不凡天不怕地不怕的女孩子也有怕的時候，這下我有殺手鐧了！要是她不肯教我武術，我就一天到晚在她面前提「毛毛蟲，毛毛蟲」。哈哈！

丁一的「百寶袋」

丁一在智文小學裏可算是個「知名人士」，他之所以出名，並不是因為他成績特別優秀，或者有什麼超人的技能，也不是因為他爸媽給他改了一個筆畫特別少的名字，而是因為他那個每天不離身，被同學稱作「百寶袋」的書包。

別人的書包都是用來裝書、裝文具的，但丁一的百寶袋就厲害了，什麼都裝。同學說起時下流行的某本漫畫書時，他會馬上說：「我有！」然後驕傲地從百寶袋裏拿出那本書；小息時見到同學講起某首流行歌曲時，他也會搶着說：「我有！」然後炫耀地從百寶袋掏出一盤音樂光碟；放學時見到同學一邊走回家一邊津津有味地吃着麵包時，他又會馬上說：「我也有！」然後從百寶袋裏掏出一個香噴噴的漢堡包。

很多同學對他的百寶袋充滿好奇，想看看裏面的「廬山真面目」，只是丁一死也不肯打開。

直到有一天⋯⋯

這一天，丁一的百寶袋該裝的沒有

裝，竟然忘了帶課本。這下可糟糕了，老師走過去，看着他脹鼓鼓的書包，真不相信他沒帶課本，於是叫他把書包打開看看，終於才揭開了百寶袋的秘密。

當時，老師忍不住驚叫了一聲，然後一樣樣把裏面的東西拿出來。只見玩的有遊戲機、搖搖、遙控車、小飛機；看的有漫畫書、電視周刊、偵探小說；吃的有巧克力、餅乾、薯片；還有手機、數碼相機、十幾盒鐳射唱碟；還有……嘿，看得同學們眼花繚亂，嘴裏只會說：「百寶袋，真是個百寶袋啊！」

老師懲罰丁一「留堂」，規定以後書包裏除了課本文具和必需品以外，其他東西一律不准帶回學校。

百寶袋裏不再有「百寶」了，但丁一和他的百寶袋卻從此出了名。

椅背上的烏龜

文輝放學回家，一進門就學着電視劇《包青天》裏的對白，大聲嚷着：「包大人，冤枉啊！」

媽媽從廚房探出頭來，笑着問：「你說什麼？誰冤枉我的小寶貝了？」

原來，今天下午，班長徐志強檢查班裏的清潔衛生，發現文輝的椅子靠背上給塗上了幾隻烏龜。徐志強馬上批評文輝不愛惜公物，還叫文輝明天帶工具回去把那烏龜擦掉。

「其實那烏龜並不是我畫的呀！為什麼要我擦呢？」文輝十分委屈地對媽媽說：「媽媽，你可以幫我去跟老師解釋一下嗎？」

「既然不是你的錯，是很應該解釋清楚的，但我希望你自己去處理這件事。」媽媽想了想，又說，「還有，我建議你明天還是帶工具回去把那烏龜擦掉。這麼漂亮的椅子給亂塗亂畫，實在太不雅觀。反正總得有人去擦的，你就當是為同學們做好事吧。」文輝覺得媽媽講得很對，就點頭答應了。

第二天，文輝帶上了媽媽給準備的百潔布，一大早就到了學校。他用小水桶裝來了水，就用百潔布使勁地擦那烏龜。擦得手也酸了，才擦掉了一點點，這時候，班長徐志強和幾個同學都圍上來幫忙，王俊還特意拿來一瓶洗潔精，幫着擦呀擦呀，弄得他自己的白襯衣都髒了，臉上還沾了橫一條豎一條的污漬。在大家的共同努力下，椅子終於擦乾淨了。

這時候剛好上課了，老師説：「我要表揚一下王俊同學，他熱心幫助同學，不怕髒不怕累，我們都要向他學習。」

沒想到，王俊的臉「騰」地紅了，他結結巴巴地説：「老師，其實……其實那烏龜是我塗上去的，我弄髒了椅子，還讓文輝受冤枉，我太不應該！」

老師聽王俊説完，和藹地説：「你能講出真相，就説明你已經知道錯了，老師會原諒你的，文輝也會原諒你的。」

這時候，班長徐志強也站了起來，説：「我也要請文輝原諒，因為我不了解情況就説那烏龜是他塗上去的。」

文輝激動地站了起來：「你們都是我的好同學，我當然會原諒。」

尋找彩虹謠

　　小強吃完晚飯，幫媽媽去扔垃圾，在電梯口碰見了背着書包一臉疲倦的丁小凡。丁小凡不但是小強的同班同學，還是小強的鄰居呢。

　　「你才回來呀？都快七點了！」小強瞪大眼睛説。

　　「是呀。我跟方薇薇她們分頭去幾間圖書館借鐳射唱碟，只可惜到處都沒找着，方薇薇她們都快急死了！」丁小凡喘着氣，像是走了很遠的路，「明天我不跟你去踢球了，我要去新界表姐處看看，她很喜歡唱卡拉 OK，説不定會有這首歌的鐳射唱碟呢。」

　　小強聽了也沒説什麼，跟丁小凡説了再見就回家了。

　　小強的學校過幾天舉行歌唱比賽，方薇薇和幾個女同學組織了一個小組唱。音樂老師説，她們這個組合最適合唱那首《彩虹謠》。但直到今天，她們還沒找到這首歌的音樂碟。今天下午放學時，她們特地分頭去尋找，丁小凡也自告奮勇去幫忙，誰知道，找了半天始

終沒找着。

小強倒完垃圾回到家，像往常一樣打開電視機看那出最喜歡的連續劇，可是，腦子總是走神。

原來，小強家就有《彩虹謠》的鐳射音樂碟，只不過他一直不願意借給方薇薇，他生方薇薇的氣呢。不久前，小強和丁小凡調皮搗蛋，上課時把一隻小紙龜掛在前面同學的背上，方薇薇告訴了老師。結果，老師把他們狠狠責備了一頓。

小強怎麼也沒想到，丁小凡一點都不記仇，還主動幫助方薇薇她們去找鐳射唱碟。相比之下，自己未免太小器了。本來嘛，捉弄同學，影響課堂紀律，是自己不對，老師批評是應該的呀，為什麼還要去怪別人呢？

晚上臨睡的時候，小強打了個電話給丁小凡，明天還是按原來計劃去踢足球。至於《彩虹謠》的鐳射唱碟嘛，當然是沒問題，包在小強身上！

新學年開始，中二 A 班選舉班長，原班長李小琦以兩票之差落選了。而上學期才轉學來的梁子軒，以大比數勝出，當了新班長。

李小琦很不開心，回到家裏，也悶悶不樂的，媽媽知道後，溫柔地説：「其實誰當班長還不是一樣？再説梁子軒也的確夠資格呀。不是常聽你説，他學習成績全班第一，又肯幫人！」

媽媽的話是對的。其實小琦平日也挺佩服梁子軒的，但是不知怎麼搞的，心裏總是有點不服氣。

一天，小琦放學回家時興高采烈的，媽媽望了他一眼，笑着説：「考試得了一百分嗎？這麼開心。」

小琦嘻嘻地笑着，説：「才不是呢。是梁子軒昨晚沒做通識功課，被罰留堂補做呢。」

媽媽聽了一愣，馬上用責備的口吻説：「同學受罰，你怎麼還這麼高興呢？」

小琦見媽媽不高興，便撅着嘴説：

「你不知道香港社會處處充滿競爭嗎？梁子軒有缺點，正説明他不如我優秀呀！」

媽媽嚴肅地説：「沒錯，社會處處有競爭，有競爭社會才會進步。但是，希望別人退步來襯托自己的好，並不代表你進步了。競爭應該是良性的、善意的，你好了，我比你更好，這才是一個要求上進的好學生所應有的態度！」

小琦知道自己錯了，他低着頭，很為自己剛才的想法而羞愧。

第二天，梁子軒不知為什麼沒有上學，中午，班主任吳老師把小琦找了去，告訴他梁子軒的爸爸前兩天突患重病入了醫院，還要動手術，子軒這幾天要請假照顧爸爸。所以，要小琦暫時代理班長的職務。

小琦接受了老師的委託，但心裏卻是沉甸甸的。原來子軒昨天沒完成作業，是因為家中有不幸的事情發生，可是自己竟然幸災樂禍⋯⋯

小琦決定，放學以後，就去醫院探望子軒的爸爸，順便將老師教過的課跟子軒講講，免得他因為請假而影響學習。

婭婭和她的朋友

婭婭參加完學校舞蹈大賽回到家，就撲到牀上大哭起來，任由爺爺奶奶、爸爸媽媽勸得口乾舌燥，都不肯住聲。剛過完十二歲生日，被家裏人寵得像小公主似的婭婭，今天怎麼啦？

事情得從剛剛結束的全校舞蹈比賽說起。原來，曾獲學校舞蹈比賽四連冠的婭婭，這次只得了個第二名，這怎不叫她傷心透頂呢！

婭婭的媽媽是演藝學院的舞蹈老師，婭婭從小就受着藝術的薰陶，從幼稚園到小學、中學，每次參加舞蹈比賽都是大贏家。這次的比賽，婭婭特別重視，因為奪得第一名的學生，可以代表學校參加下個月在紅館舉行的校際舞蹈大賽。

為了奪冠，婭婭一點都不敢馬虎。她請媽媽教她難度很大的《荷花舞》，每天起早睡晚地練，把舞鞋都磨破了幾雙。她還下狠心和電視機、電腦暫時「拜拜」，決心大得連爸爸媽媽也感到驚訝。

經過一個多月的苦練，婭婭終於把

《荷花舞》跳出了高水平。正式綵排那天，婭婭穿上媽媽從演藝學院借回來的粉紅色薄紗舞衣，輕揮長袖，踏着動聽的古典音樂翩翩起舞時，在場的人都看呆了，連以嚴格著稱的舞蹈老師，都朝婭婭翹起大拇指。

比賽那天，由爸爸親自開車，媽媽陪同，一家三口高高興興地出發前往學校。爺爺和奶奶也嚷着要去，他們說要親眼看看小孫女兒捧獎盃的場面，但爸爸說爺爺有點感冒，不讓他出門，還要奶奶也留下陪爺爺。爺爺奶奶拗不過兒子，只得答應留下，和傭人一起替婭婭準備慶功宴。

沒想到，婭婭一到學校，好朋友李小琳就緊張兮兮地把她拉到一邊，說：

「婭婭，這次你遇上敵手了。我今天剛知道，中二Ａ班有個插班生王凱欣，在原校也是個跳舞的拔尖人才，這次你千萬不要掉以輕心！」

婭婭不以為然，心想，自己的荷花舞服裝美、音樂動聽，加上自己練了多時，技巧純熟，冠軍嘛，肯定跑不了！

沒想到，比賽結果卻大出婭婭意料之外，王凱欣以一分之微奪走了冠軍。

其實婭婭看了王凱欣的演出後，心裏都禁不住暗暗佩服，她跳得太好了！王凱欣跳的是一隻很有名的藏族民間舞蹈《祝福》，她把握得很好，她雙手捧着那條藏族人表示祝福的白色長綢帶——哈達，踢踏着小皮鞋，舞姿優美

又活潑輕快，把一個滿含喜悅的藏族小姑娘演活了！

不過，婭婭心裏想，自己跳得也不比王凱欣差呀，說不定，冠軍還是自己的呢！

沒想到，校長宣布賽果，王凱欣卻得了第一名。

婭婭長這麼大，還是頭一回遭受這樣的重挫，這怎不叫她傷心難過呢！

婭婭恨上王凱欣了。有好幾次，她在校園裏遇到王凱欣，王凱欣朝她微笑着表示友好，但是婭婭卻故意把頭一扭，跟身邊的李小琳說話去了。

校際舞蹈大賽比賽在即，婭婭每天放學經過舞蹈室，都見到舞蹈老師在指導王凱欣排舞，隔着玻璃門，婭婭都可以看得到王凱欣額頭上豆大的汗珠。

婭婭不禁有點幸災樂禍，她對李小琳說：

「沒當上冠軍也不錯啊，不用參加校際比賽，我還樂得個舒服自在呢！你看王凱欣，多辛苦。」

李小琳捂着嘴嘻嘻地笑了，婭婭捅捅她：

「你笑什麼？」

李小琳笑着說：

「你看過《狐狸摘葡萄》的寓言嗎？我覺得你有點像那隻『吃不到葡萄，就說葡萄是酸的』的狐狸。」

婭婭一愣，但她沒法否認，尷尬之下，便舉起書包裝出要打李小琳的樣子：「你作死啦，敢笑我！」嚇得李小

琳落荒而逃。

一天，放學鈴剛打過，同學們一窩蜂擁出課室，三三兩兩説説笑笑地走了。婭婭因為媽媽説好了來接她去吃飯，時間還未到，所以她坐在課室裏慢吞吞地收拾着書包。

門口出現了王凱欣的身影，她在課室門口探了探頭，叫道：

「余婭婭！」

「什麼事！」婭婭顯得很不友善。

王凱欣一點都沒察覺婭婭的態度，她滿臉笑容地説：

「有點事想請你幫忙。」

婭婭聳聳肩，有點不耐煩地説：

「有什麼話就快説吧！」

王凱欣説：

「我上次比賽時穿的那套藏族服裝嫌大了點，老師説多少對演出有點影響。聽説你媽媽在演藝學院工作，可否請你媽媽幫忙，借一套合身的服裝給我？」

婭婭想也沒想就回答説：

「對不起，我媽媽那裏沒有藏族服裝，你問別人借吧！」

其實，她根本不知道媽媽那裏有沒有這樣的服裝，只是她根本就沒想過要幫王凱欣的忙。她恨王凱欣還來不及

呢！

「婭婭！」媽媽不知什麼時候出現在王凱欣後面。她看了看王凱欣，笑着説，「咦，你不是那天跳藏族舞的王凱欣嗎？你跳得不錯呀！忘了自我介紹，我是婭婭的媽媽。」

王凱欣不好意思地説：

「阿姨好！謝謝阿姨的誇獎！」

婭婭滿臉不高興，她一手拎着書包氣沖沖地走到課室門口，拉着媽媽的手説：

「媽媽快走呀，我們不是約了爸爸吃飯的嗎，要遲到了！」

媽媽朝婭婭做了個手勢，説：

「等等！王凱欣，你剛才不是説想借一套藏族女孩服裝嗎？我們學院剛好正在教民族舞課程，所以新做了一些民族服裝，我可以找找有沒有合你穿的！」

王凱欣驚喜地説：

「真的嗎？那太謝謝阿姨了！」

媽媽説：

「不用謝！咦，你也準備走了嗎？我開了車來，要不要送你一程？」

王凱欣笑着搖搖頭，説：

「不用了。我逢星期二、四要去王彩曼舞蹈學校學舞，

我在附近吃點東西，等會就直接去舞蹈學校上課。」

媽媽稱讚道：

「你真勤快！怪不得你的舞跳得這麼好。」

婭婭見媽媽答應幫王凱欣，早就滿肚子氣了，見媽媽對王凱欣一再稱讚，更是氣不打一處來，她生氣地一甩媽媽的手：

「媽媽，你還有完沒完！」說完，就賭氣地領前走了。

「嘿，這孩子！」媽媽向王凱欣揮了揮手，跟在婭婭後面。

在車上，婭婭一路嘟着嘴，不發一言。媽媽知道女兒脾氣，也沒管她，最後還是婭婭憋不住了，說：

「幹嘛要幫王凱欣？」

媽媽一臉嚴肅地說：

「婭婭，說句老實話，王凱欣跳得比你好，這是不爭的事實，你不可以用這樣的態度對待她的！再說，她要是在校際比賽中得了獎，那也是你們學校的光榮呀！」

婭婭聽了媽媽的話，沒詞了，喉嚨裏咕嚕了兩下，沒再作聲。

出乎婭婭的意料之外，有關舞蹈大賽的事情竟然有了戲劇性的變化。

幾天之後的一個晚上，婭婭正在做功課，「鈴——」電話鈴響了。

「是婭婭嗎？」電話裏是王凱欣的聲音。

婭婭心想，媽媽不是已經替她找到合適的服裝了嗎，該不是又要借別的什麼東西吧！於是就沒好氣說：

「你又想借什麼啦？」

王凱欣趕緊說：

「不是不是，我是想請你幫另外一個忙，你可以代替我參加校際舞蹈大賽嗎？」

「什麼？」婭婭嚇了一跳，還以為自己的耳朵出了什麼毛病。

「都是我不好，今晚去舞蹈學校練舞時，太不小心，把右腳腳踝扭傷了，醫生說，近期內都不要太用力，否則會留下後患。我知道你以前也跳過《祝福》這個藏族舞蹈，你可不可以代替我去參加比賽？」

婭婭完全沒有思想準備，她結結巴巴地說：

「這，這……」

王凱欣又說：

「我知道你有點為難，因為只有一個月的時間給你練習，但是，你舞蹈底子好，又有你媽媽幫你，你一定會跳得好的！你答應我吧，好嗎？」

婭婭沒作聲，王凱欣在電話那頭急了：

「喂喂，婭婭，你說話呀！你願不願意？」

婭婭小聲說：

「老師同意嗎？」

王凱欣説：

「我剛才跟朱老師通過電話，她也同意我的意見，她讓我先給你一個電話，有點心理準備，她明天還會親自找你談的。」

婭婭停了停，説：

「那……好吧！我答應你。」

「太好了！」電話那頭傳來王凱欣真誠的歡呼聲。

這晚，婭婭一夜都沒睡好，她躺在牀上胡思亂想的。沒想到，自己夢寐以求的願望，因為王凱欣的腳傷而實現了。她更沒有想到，王凱欣會這麼大方，主動推薦自己參賽，要是換了自己呀，就一定不會推薦王凱欣去的。她開始反省自己這段時間對王凱欣的態度，覺得自己太狹隘太小家子氣了。最後，她又替王凱欣擔心起來，不知道她的腳傷得嚴不嚴重，會不會影響她日後跳舞……

第二天，婭婭一回到學校，朱老師就把她叫去了，正式通知她代表學校去參加校際舞蹈大賽。從教師辦公室出來，婭婭很想去中二A班看看王凱欣，看看她的腳傷成怎麼樣，可是，走了幾步又猶豫了，她覺得不好意思面對王凱欣。這時候，從學校大門口走進來一個人，只見她一拐一拐地走得很慢，她不是王凱欣嗎？

王凱欣見了婭婭很高興，她緊走幾步，好像急着要跟

婭婭説什麼，但腳下一絆，整個人向前一撲，眼看要跌倒了，幸好婭婭眼急手快，伸手一扶，把她扶住。

婭婭力氣小，被王凱欣整個人壓下來，自己也差點跌倒。兩個人站定之後，你看看我，我看看你，都為剛才的狼狽相哈哈大笑起來。多少誤會，多少不愉快，都在這笑聲中煙消雲散了。

婭婭開始進入了緊張的排練。《祝福》這個舞，婭婭是在兩年前跳過，現在已經忘掉七八成了，她得在舞蹈老師朱老師的提點下努力把舞蹈動作回憶起來。王凱欣每天放學都不忙着走，來看婭婭練舞，還用嘴巴哼曲子替婭婭伴奏。婭婭也很努力認真地練習，她心裏憋着一股勁，決心不辜負王凱欣的信任，給學校捧回一個獎盃。

離比賽還有一個星期，這天下午婭婭到教師辦公室找朱老師，剛要推門，卻聽到裏面傳出兩個人的説話聲：

「……凱欣的腳傷已經好了，醫生都説不礙事了，我希望還是讓她去參加比賽。在校際比賽中拿獎，是她多年的夢想，她放棄休息，到舞蹈學校學舞，都是想進一步提高技巧……」

「王太太，你的心情我理解。凱欣也跟我講過，她最大的願望，就是能站在紅館的舞台上跳一次舞。好吧，既然她的腳傷已經好了，那就仍然讓她去參賽好了……」

王太太？這不是王凱欣的媽媽嗎！婭婭呆了呆，轉身

走了。她回到課室，默默地拿起書包，回家了。

夕陽把婭婭的身影在地上投下了一個長長的、黑黑的影子，婭婭慢慢地走着，好像那濃重的影子讓她背負得很沉重。她現在的心情真夠複雜了，她既為王凱欣的康復而高興，又為自己再一次失去參賽資格而不開心。她忍不住抽抽嗒嗒地哭了起來。

平常走十分鐘的路，今天足足走了二十多分鐘，當她無精打采地打開家門時，發現媽媽正拿着電話，在跟誰說話。媽媽聽見開門聲，扭頭一看，馬上大叫起來：

「婭婭，你到底上哪去了？朱老師找你半天了，問你為什麼不去排練？」

「排練？」婭婭眼睛睜得大大的，「不是讓王凱欣去參賽嗎？」

媽媽好像有點莫名其妙，說：

「你說什麼呀！來，乾脆你自己跟老師講吧！」

婭婭接過話筒：

「朱老師，我是婭婭。」

朱老師在電話那頭大聲說：

「婭婭，不是說好了放學來找我的嗎？你忘了？」

婭婭小聲地說：

「我沒忘。朱老師，王凱欣媽媽跟你說的話我都聽到了，你讓王凱欣去參賽吧，我不會有意見的。」

朱老師「哦」了一聲：

「怪不得你不來，原來你是聽到了我跟王太太的談話。既然你知道，那我也不瞞你，王凱欣的媽媽確實來找過我，要求仍舊讓王凱欣去參賽，最後是王凱欣不同意這樣做。」

婭婭奇怪地說：「為什麼？」

「王凱欣說，《祝福》裏面有很多用腳尖企立的動作，她的腳踝剛好，這個動作很難做得完美，肯定會影響成績。她建議還是讓你去參賽，你去，拿獎的機會比她大。」

婭婭被深深地感動了，她又一次發現了王凱欣身上可貴的東西。她忽然覺得自己通過這件事長大了許多。

校際舞蹈大賽如期在紅館舉行了，婭婭穿上藏族女孩的服裝，腳踏一對小皮靴，手捧一條雪白的哈達上場了。

由於她扮相漂亮、舞步輕盈、加上一身亮麗的民族服裝，所以一登場便博得了雷鳴般的掌聲。婭婭充滿自信地跳着，她覺得自己今天彈跳力特別好，舉手投足特別優美，笑容特別燦爛，她覺得這是因為自己身上融合了兩個人的力量的緣故。

評分結果出來了，婭婭以九點九九的高分，奪得全場總冠軍。

婭婭在說得獎感言時，激動得一句話都說不出來，在一邊的主持人笑着說：「你可以說說最想感謝的是什麼人呀。」

婭婭大聲說：

「我最想感謝的人是我最好最好的朋友——王凱欣！王凱欣，謝謝你！」

人間有情

名家導讀

在故事中學習愛

黃虹堅

　　兒童心理學研究中發現，「愛的教育」是重要的一環。教育的目標之一，就是培養孩子們有「愛」的情懷。他們不但要愛自己，更要愛他人，愛家人、同學、朋友，也愛不幸、弱小的人。有了這種「愛」，孩子們的精神世界才是健全、豐富的。這樣的孩子，長大了才會拒絕冷漠，才會關心他人，推至關心社會。

　　這一輯「人間有情」收錄了九個小故事，表現了香港孩子在日常生活中體現的愛心。故事中的小主人，多是小學生，他們在家庭、學校、社會生活中和家人、同學、朋友、鄰里，甚至是萍水相逢的陌生人接觸相處時，時時表現出體諒、寬容、信任和關懷。這一切表現的基礎，便是他們有着愛人之心。

　　在《一個人的家宴》中，小朋友小菁每到周末就聽到鄰居李婆婆家裏傳出熱鬧的聲音，你呼我應的像是一家人團聚一起舉行家宴。直到某晚小菁因事上李婆婆家，才發現她只有孤身一人。為了驅趕寂寞，老人用一家人相聚的錄音來陪伴自己，思念已移民的家人。小菁

對李婆婆的處境很是同情，向媽媽建議：凡到周末，就邀李婆婆到自己家一起吃飯。

小菁是多麼懂事，多麼可愛呀！

其他的小故事也是圍繞着「愛」構思的。

這些小故事篇幅雖短，但都帶出了「關愛」的主題。小讀者在閱讀時不但能看到自己熟悉的香港生活，也能從中受到故事中人物的感染，看到愛的力量，找到學習的榜樣。

這些小故事每個都在千字左右，結構簡單，行文簡潔，適合小讀者從中掌握詞語、句式，特別是寫人敍事的方法。

希望小讀者在閱讀這些小故事時，心靈得到感化。在體驗人間真情時，也願意為建立社會的和諧獻出力量。同時也希望他們在寫作上得到借鏡，文字運用上得到提高。

黃虹堅

曾任中學教師、電影編劇、教科書編輯等，現任職大學導師。著有小說、散文、兒童文學、電影劇本等，作品曾獲中國內地、香港、台灣多項文學獎。

卓文的房間

　　一向溫馴的卓文竟然想打人，太可怕了！他想打的是誰？是他妹妹小喬。我的天，那就更可怕了，卓文為什麼這樣恨他的妹妹呢？

　　說來話長。卓文的媽媽兩年前因病去世了，最近，爸爸決定為卓文找一個新媽媽。爸爸說，一個家庭不能沒有主婦，卓文不可以沒有媽媽照顧。卓文雖然心裏很不願意，但也只好接受了爸爸的安排。

　　可是沒有想到，新媽媽還帶來女兒小喬。小喬比卓文小一歲，爸爸說，男孩子女孩子同住一室不方便，叫卓文把房間讓出來給小喬妹妹，新媽媽明天就要進門了，明天卓文就要搬出住了十年的舒舒服服的房間，無限期地當「廳長」了。

　　卓文整晚都睡不着，雖然熄了燈，屋裏黑咕隆咚的，但他還是清清楚楚地看得見房間裏的一切。他清楚地記得，那好看的牆紙，是媽媽親自貼上去的；那張小書桌，是媽媽親自帶他去挑的；

桌上那部電腦，是媽媽晚上去超級市場兼職當售貨員，存了一年的錢買給他的。媽媽雖然去世了，但卓文還常常覺得，在這小房間裏，媽媽的愛無處不在。只要走進這個小房間，卓文就好像走進了媽媽的懷抱。但如今，就為了這個本來跟自己一點關係也沒有的「妹妹」，他就要被永遠擠出媽媽愛的懷抱。

卓文越想越傷心，越想越忿恨，忿恨得想把那個奪走自己一切的妹妹痛揍一頓。不過，別以為卓文真的會去打人，他只是這麼想想罷了，他才不會去幹這樣的事呢，況且，卓文從來都不會去傷害別人的，他寧願把委屈藏在心裏。

天亮了，卓文默默地起了牀，又默默地把自己的衣物搬到廳裏，放在爸爸為他新買的那張牀上，他不敢望爸爸一眼，怕看見爸爸那滿含歉意的眼睛。收拾完了，他就拿了一本書，躲進了廁所裏。

隔了一會，門鐘響了，接着響起熱熱鬧鬧的聲音，卓文知道是新媽媽和小喬來了。爸爸在門外喊了卓文一聲，卓文沒答應，爸爸也沒再做聲。

卓文在廁所裏呆了足足一個多小時，坐得腿也麻了，沒辦法，只好開了門低着頭走了出來。廳裏沒有人，幾個人都在爸爸房裏收拾東西，卓文悄悄坐到了自己的小牀上，他馬上嚇了一跳：牀上擺着一排女孩子玩的毛公仔、自己

的東西哪去了？他急忙跑進自己房間，只見自己的東西又擺回了原處，不同的是房間打掃得乾乾淨淨的，就像媽媽在的時候一樣。

「哥哥。」小喬不知什麼時候站到卓文身後，笑嘻嘻地，「媽媽說還是讓你睡這房間，你年底就要參加升中試了，有個房間做功課安靜些，我在廳裏睡就行了。」

卓文沒出聲，只是覺得眼眶發熱，幾顆不爭氣的眼淚流了出來。

隔壁的菲傭姐姐

周六周日是永強最煩惱的日子。因為隔壁五歲的泉泉是個頂淘氣的孩子，每逢放假不是在走廊裏玩打仗，「槍」聲驚天動地，就是在屋裏打籃球，將牆撞得震天價響。又或者打開大嗓門哭呀鬧呀，令到永強不得安寧，連做功課都要用棉花塞住耳朵。

今個星期六，隔壁罕有的安靜，莫非泉泉不在家？媽媽煮晚飯時，發覺鹽沒有了，便叫永強拿個湯匙去泉泉家拿點兒。

剛一按門鈴，泉泉家的門就「吱呀」一聲開了，露出泉泉媽笑盈盈的臉孔，問明來意後，她便熱情地把永強讓進屋裏。

永強馬上驚訝得差點叫了起來，原來泉泉在家裏，還用粒粒膠砌了一個很大的機械人模型。這個模型永強在玩具城見過，永強看着眼饞，也買了一副回家學着砌，誰知道怎麼努力也砌不好，沒想到泉泉這麼聰明！

「是瑪利亞姐姐教我砌的。」泉泉

見永強盯着機械人模型，馬上驕傲地揚起頭，又用手指指
廚房。永強這才發現，廚房裏有個菲傭姐姐在忙碌着。

　　泉泉媽拿了一湯匙鹽出來了，眉開眼笑地對永強説：
「這是新請的菲傭，又能幹又會教小朋友，泉泉這兩天都
乖多了。」

　　永強回到家，把泉泉家的新鮮事告訴了媽媽。媽媽説：
「呀，這下我們有麻煩了，這些菲傭老喜歡三五成羣，以
後那瑪利亞招惹一大班人來，這裏就休想安靜了。」

　　永強嘴上沒説什麼，但心裏卻不大贊同媽媽的話，並
不是所有菲傭都這樣的呀，看那瑪莉亞對人多親切有禮啊。

日子一天天過去，泉泉明顯變乖了，再不會在大廈裏「大鬧天宮」。那菲傭姐姐也並沒有帶朋友來。永強終於有了許多個安靜愜意的星期天。

　　一次，永強和爸爸媽媽一起去文化中心看畫展，在那裏碰見了瑪利亞姐姐和幾個朋友，只見她們看得很認真很投入，還不時輕聲交換着意見。媽媽驚訝地揚起了眉毛：「喲，沒想到菲傭還有那麼高雅的。」

　　爸爸笑着說：「本來嘛！是你從門縫裏把人看扁了。」

　　永強不禁嘻嘻地笑了起來。

一個人的家宴

小菁家隔壁新近搬進一戶人家，那是一位姓李的老婆婆。

星期六晚上，小菁和爸爸媽媽正在吃晚飯，忽然，隔壁傳來一陣喧鬧的聲音。小菁留心聽聽，咦，原來是老婆婆家設宴請客哩！在一片熱熱鬧鬧的祝酒聲中，有叫媽媽的，還有喚外婆和奶奶的。

媽媽說：「還以為李婆婆是孤寡老人哩，原來她兒孫滿堂，真有福氣。」

從此之後，每到周末晚上，李婆婆家都照例會這樣熱鬧一番。又一個星期六的晚上，小菁家的照明不知出了什麼毛病，屋裏變得烏燈黑火的。爸爸不在家，媽媽束手無策。

媽媽想了想說：「小菁，去問問李婆婆，看看她的兒女裏面，有沒有會電工的。」小菁應了一聲，馬上去敲李婆婆的門，「砰砰砰」，敲門聲一響，屋裏的祝酒聲嘎然而止，變得靜悄悄的，李婆婆打開門走出來，小菁說：「李婆婆，我家的電燈壞了，想麻煩你們幫忙

看看。」小菁邊說邊朝屋裏看，可是這一看，卻讓她大吃一驚，只見李婆婆家裏空蕩蕩的，別說沒有人，就連有過人的痕跡也沒有。

小菁呆了半天才說出話來：「李⋯⋯李婆婆，您家的客人呢？」李婆婆笑了笑，將桌上一台錄音機一撳，呀，裏面馬上傳出了小菁熟悉的熱鬧聲音，原來李婆婆家根本就沒有來客人，每個周末，她都是在聽錄音。李婆婆告訴小菁，她的兒女都在一年前移民了，她因為不想離開故土而留了下來。她想念兒孫們，只好在每個周末，將以前一家人熱熱鬧鬧在一起的錄音帶放一放。

　　小菁把李婆婆的事告訴了媽媽，媽媽眼圈都紅了。小菁說：「媽媽，以後每到周末，我們都請李婆婆過來一起吃飯好嗎？」

　　媽媽將小菁摟在懷裏說：「好孩子，媽媽當然贊成。」

　　「太好了！」小菁拍着手，開心地說，「那我馬上去告訴李婆婆！」

曉庭家來了個寄養的小妹妹虹虹，虹虹才五歲，眼大大，嘴小小，整個人胖嘟嘟的，一天到晚跟在曉庭後面「姐姐、姐姐」的叫。可是曉庭並不喜歡她。

曉庭是家裏的獨生女，習慣了爸爸媽媽的萬千寵愛，習慣了擁有家裏全部好玩的、好吃的東西。可是，現在來了個小不點，要分享曉庭的一切一切。

媽媽跟曉庭說：「虹虹家裏沒人照顧，所以才暫時寄養在我們家。她是小妹妹，你就讓她一點。」

曉庭一點也聽不進去，心裏想：「她又不是我的妹妹，我才不讓呢！」

所以，虹虹拿她的玩具，她一手搶回去；虹虹看她的圖畫書，她硬要拿走；虹虹追着她叫姐姐，她說：「討厭！」把媽媽氣得直搖頭。

一天晚上，虹虹病了，小臉紅紅的，媽媽說她有點發燒。剛好爸爸出差去了外地，媽媽二話沒說，背起虹虹就要帶她去看病。

曉庭拉着媽媽的衣服不放手：「媽

媽不要走，我不要一個人在家。」

　　媽媽説：「曉庭，你都上五年級了，可以照顧自己了。診所就在街口，我一會兒就回來。」

　　曉庭扭着身子：「不，不嘛！」

　　媽媽急了，有點嚴厲地説：「你沒看見小妹妹病了嗎？你是大孩子了，聽話！」

　　媽媽出門了，家裏只留下曉庭一個人。曉庭哭了，並不是因為害怕，而是覺得媽媽愛虹虹不愛自己。

過了十幾分鐘，媽媽的聲音在門外響起，叫曉庭開門。曉庭匆匆擦了擦眼睛，跑去開了門。媽媽背着虹虹，手裏還提着什麼東西。媽媽放下虹虹，將手裏的東西遞給曉庭：「剛才路過街口的茶餐廳，見到你愛吃的炒牛河，特意買給你的。」

　　曉庭接過炒牛河，心裏的委屈飛走了一半。這時候，虹虹走近她身邊，拉拉她的褲管，將手裏拿着的一根棒棒糖遞給她，説：「姐姐，給你，給你。」

　　媽媽笑着説：「剛才打針的時候，我説如果她不哭就賞她一根棒棒糖。但買給她以後她又捨不得吃，説要留給你呢！」

　　曉庭心裏一熱，所有委屈都煙消雲散了。她把棒棒糖塞回虹虹手裏，説：「妹妹乖，這糖應該妹妹吃。」

　　人倒霉喝涼水也塞牙，展儀只不過是想用腳去踢一塊小石頭，沒想到就把腳扭了，展儀無助地看看四周，小巷裏靜悄悄的。都怪那個什麼姚阿姨今晚要來吃飯，要不是展儀不想見她，放學後在街上遊蕩，就不會扭傷腳了。展儀越想越生氣，倚在燈柱上哭起來了。要是媽媽還在，自己就不會這樣淒涼了，可惜媽媽躺在將軍澳墳場裏，永遠不能來幫她了。聽説爸爸快要娶姚阿姨進門了，外婆説後母沒一個是好人，説不定自己以後會更慘哩。展儀雖然未見過那個姚阿姨，但在想像中，一定是個兇狠的女子。

　　「小妹妹，你哭什麼呀？」一把溫柔的聲音在耳邊響起，展儀睜眼一看，是個長得很好看的阿姨。

　　展儀扁着嘴指指右腳：「嗚嗚，我的腳扭傷了，好疼！」

　　阿姨聽了顯得很着急：「那要趕快找醫生看才行，我不熟這裏的路，你知道哪裏有診所嗎？」

展儀指指對面馬路：「知道，我家就在菲立街，街口就有一間診所。」

　　阿姨說：「真巧，我就是去菲立街找人，正好送你去診所。」

　　展儀謝過阿姨，就讓阿姨攙扶着向診所走去。一路上，阿姨不住關心地問：「疼不疼？」

　　阿姨的手很溫暖，聲音很柔和，令展儀想起了死去的媽媽，她眼一紅，差點又要掉淚。

　　很快到了診所門口，展儀說：「謝謝阿姨，我自己進去就行了，別耽誤了您的時間。噢，您找菲立街幾號，我告訴您位置。」

　　阿姨從手袋裏掏出一張紙條，展儀一看上面的地址，不禁呆了，咦，那不是自己家嗎？展儀頓時醒悟過來：「你是姚阿姨！」

　　阿姨驚訝地望着展儀，好一會，才大叫起來：「你是展儀！」

　　展儀點點頭，她開心地一把抓住了姚阿姨的手，好像找回了一樣失去了的東西。

姨婆的橘子樹

人間有情

暑假裏，小建去新界姨婆處住。姨婆十分疼愛小建，但小建就是有一樣不明白，不知為什麼姨婆從不許他碰屋前那棵橘子樹上的橘子。

橘子樹上的果實又紅又大，小建剛來的那天晚上，姨婆摘了兩個給他嘗。一咬下來，又甜又多汁，小建想起來都要流口水。

姨婆是附近一家安老院的義工，常常帶小建去安老院，公公婆婆們都很喜歡小建，常給他講故事。

有一天，姨婆陪一班老人在花園裏聊天，小建一個人跑到李婆婆的房間，李婆婆會講很多故事呢。誰知道李婆婆患了感冒躺在牀上，連早餐都沒胃口吃。小建見李婆婆的牀頭櫃上有一袋橙子，就說：「李婆婆你一定餓了，我剝橙子給您吃好嗎？」

李婆婆搖搖頭說：「不，我剛才吃了一個，太酸了。」

小建想起了姨婆屋前那棵橘子樹，便馬上跑回家，在橘子樹上摘下兩個大

橘子，又跑回李婆婆房間，他將橘子剝開，一瓣一瓣地放進李婆婆嘴裏。李婆婆邊吃邊笑着説：「喲，真甜，真甜！」

　　晚上，姨婆和小建在門口乘涼，姨婆又一五一十地數起橘子來，小建很害怕，如果讓姨婆發現少了兩個橘子⋯⋯想到這，小建站起來就想溜。正在這時，姨婆大叫起來：「咦，怎麼少了兩個大橘子？小建，是不是你摘了？」

　　小建見瞞不過去，就老老實實地把摘了兩個橘子的事告訴了姨婆。他心裏想，這回一定會挨罵了。沒想到姨婆卻笑了起來，還從樹上摘下一個橘子，塞到小建手裏，弄得小建有點莫名其妙。

第二天一早，姨婆摘了滿滿兩籃大橘子，叫小建幫忙提一籃。走呀走，走到了安老院門口。小建説：「姨婆，您這個橘子是給⋯⋯」

姨婆説：「姨婆不許你吃橘子，就是留着送給這裏的老人家吃的。他們牙齒不好，只有我家這又鮮嫩又甜的橘子適合他們吃。小建，你不會怪姨婆不讓你吃吧？」

小建這才明白過來。他説：「姨婆，以前我還以為你吝嗇呢。」

婆孫兩人都忍不住笑了起來。

自從半年前遇到車禍之後，阿奔下半身癱瘓，就再也不能走路了。自從不能走路以後，阿奔就再也沒穿過鞋子。

阿奔家裏很窮，要靠綜援來過日子，自從阿奔出事之後，要花錢替他醫治，家裏就更是一個多餘的錢都沒有了。開始時，阿奔去醫院覆診，雖然他一步都不需要走，媽媽還是幫他穿上鞋子。可是小孩子的腳長得快，原來的鞋子穿不下了，媽媽就沒有再給他買鞋，反正阿奔每天不是躺在牀上就是坐在輪椅上，要不就是讓人從這裏抱到那裏，穿不穿鞋子都不要緊，省了買鞋子的錢，還可以用來幫補家裏。日子一長，阿奔連穿鞋子的感覺都忘記了。

有一天，同學戴維來看阿奔，戴維坐在阿奔的牀沿，跟阿奔講着學校裏發生的新鮮事。一邊講，那雙腳就在牀沿不停地晃來晃去。阿奔的眼光忽然落在戴維那雙鞋子上，那是一雙「如飛」牌呵！曾記得，他和戴維多少次站在鞋店的櫥窗旁，眼饞地看着那雙很「有型」

的「如飛」牌球鞋，只是由於價錢太貴，一直未能買到。現在戴維終於如願以償了，可是自己……阿奔覺得很傷心。

經過了一年多的治療，阿奔的病情有所好轉，醫生說，他可以試着下地學走路了。可是，阿奔總沒有勇氣邁開第一步，因為那雙軟綿綿的腳根本不聽他使喚，他恐懼地想：說不定自己的腳一沾地，就會「咔嚓」一聲斷了。

醫生勸，爸爸媽媽哄，阿奔還是頑固地搖頭，弄得大人們全無辦法。

一天，阿奔早上醒來，一眼看見牀頭櫃上放着一樣東西——一雙「如飛」牌球鞋！阿奔的眼睛發亮了，他趕緊費力地坐起來，將那鞋子往腳上套，啊，不大不小正合穿。這時候，媽媽從外面走了進來，後面還跟着一大羣阿奔的同學。他們都七嘴八舌地跟阿奔打招呼，其中戴維的嗓子最大：「阿奔，喜歡那雙鞋子嗎？這是我們全班同學湊錢買給你的，希望你能早日穿着這雙鞋子上學。」

阿奔感動得想哭。

　　這時候，幾個同學走過去，小心翼翼地把阿奔扶下牀。就這樣，阿奔穿着同學們送的鞋子，顫抖地邁開了第一步。雖然很吃力，很痛苦，但阿奔在醫生的指導下，頑強地走着走着……

曉明家裏開了一間茶餐廳，過年時，兩個工人請假回鄉了，所以曉明也去茶餐廳幫忙。早上剛開門，顧客不多，曉明倚着櫃枱，與負責收錢的舅舅探討一條難解的數學題。這時候，一位老婆婆吃完雲吞麵，拿着單子過來交錢，也許是天氣太冷，她戴着手套不方便，在錢包裏掏了半天才掏出一張千元面額的紙幣。

「婆婆，多謝十八元。」舅舅看了那張一千元的紙幣一眼，又説，「可以給零錢嗎？」老婆婆説：「我沒有零錢，這一百元就麻煩你找開吧。」

舅舅一聽，伸手接過老婆婆那張紙幣，急急地扔進抽屜裏，又在桌面的錢匣裏拿了幾張紙幣和硬幣，遞回給老婆婆：「婆婆，找給您八十二元。」「舅舅，你……」曉明剛要説什麼，但馬上被舅舅用手捅了一下腰。

「婆婆，您走好啊！」舅舅説。

「噯，好，好！你真是個好心的年輕人。」老婆婆一邊説着，一邊慢吞吞

地走了。

曉明氣呼呼地説：「還好心呢，白吞了人家九百元錢！」

舅舅白了曉明一眼，説：「你咋呼什麼，我還不是為了店裏好，你爸爸不是説這半年來一直虧本嗎？反正我又不是偷不是搶，是那老婆婆自己糊塗。」

曉明氣得差點哭出來：「做人要老實，你這樣做就是不對，你趕快把錢還給婆婆！」

「你對，你最對！你爸爸白養你了，手指拗出不拗入！」舅舅有點老羞成怒，他從抽屜裏數出九百元，放到櫃枱上，説，「錢給你，你拿去做好人吧！」

曉明瞪了舅舅一眼，拿了錢就想去追老婆婆，誰知道正在這時候，玻璃門「吱呀」一聲，剛才那老婆婆轉回來了。舅舅一見，嚇得臉色發白，曉明心裏也砰砰亂跳，婆婆一定是發現少了錢，回來找舅舅算賬了。沒想到，婆婆拿出一張二十元的紙幣交給舅舅，説：「你剛才多給我二十元了，我老眼昏花也沒發現，還是去隔壁超級市場買東西時那小姐告訴我的……」

舅舅的臉由白變紅了，他從曉明手裏拿過那九百塊錢，塞到老婆婆手裏，慚愧地説：「婆婆，我……」

曉明站在一旁，開心地笑了。

　　暑假裏，小文去杭州表姨媽處玩。表姨媽十分高興，第二天一早，就親自帶小文去西湖玩。

　　時間還早，遊客並不多，表姨媽帶着小文遊覽了「蘇堤」啦、「斷橋」啦，那些風景美麗得就像人間仙景，怪不得人們常説「上有天堂，下有蘇杭」哩！

　　走着走着，小文忽然聽見前面一陣嘈雜聲，賣「大碗茶」的露天小攤檔前，一位高鼻碧眼的外國叔叔，正比比畫畫地跟賣茶老伯伯説着什麼。那老伯伯和幾個圍觀的人顯然都不懂英文，一個個都大睜着眼睛，一副困惑的樣子。

　　小文雖然只是個小五生，但英文成績一向不錯，他仔細聽了一會，馬上明白了。原來，這位外國叔叔剛才在這裏喝茶時，把背囊弄丟了，過了很久才發現。背囊裏有護照，有錢，所以這叔叔十分着急，馬上返回來尋找，誰知這伯伯和幾個茶客都不懂英文，越聽越糊塗。

　　小文馬上走向前去，將外國叔叔的

話轉告給那位賣茶伯伯聽。伯伯恍然大悟，急忙從桌子底下拿出一個藍色的背囊，説：「這是我剛才在桌子上撿的，不知是不是他丟的。」

那外國叔叔一看，馬上眉開眼笑，為了證明這是他的東西，還特地從背囊裏拿出一個護照，打開來指着上面自己的照片給伯伯看。

賣茶伯伯笑着説：「既是你的東西，就拿回去吧，以後別再丟三忘四了。」

小文把伯伯的話翻譯給叔叔聽，叔叔不好意思地搔着頭，一個勁地説：「OK！OK！」

叔叔謝過伯伯，又謝過小文。他向小文豎起大拇指，讚他英文講得好，還讚他是個熱心助人的好孩子。

小文跟叔叔告別後，繼續和表姨媽遊玩去了，表姨媽說：「小文，你可真了不起，連外國人都讚你英文水平高！」

小文連走路也一蹦一跳，他覺得開心極了。

愛在家庭

名家導讀

充滿愛與溫馨的故事

周蜜蜜

　　馬翠蘿女士是一位關心青少年兒童成長、關注他們的家庭以及生活環境的兒童文學作家,她的許多作品,都真實而生動地反映了有關的情況。更為難得的,是在這些作品中,能緊緊扣住對青少年兒童成長關愛的主題,細膩而溫馨地描畫出感人的故事情節,所以受到許多讀者,尤其是兒童讀者的歡迎。

　　在這一本作品結集的「愛在家庭」篇內,收入了十三個故事,都是發生在不同的香港家庭。這些家庭雖是青少年兒童成長的搖籃,但卻因社會的影響、生活的波折、意外的發生,均會不同程度地造成家人之間的關係變化,對青少年兒童的成長產生出各種各樣的問題。比如《榴槤飄香》中的爸爸有了外遇;《爸爸的背影》中的爸爸被遣散失業;《愛心宵夜》中的媽媽忽然病倒⋯⋯等等,所有這些故事背景,都讓讀者們看到,家庭並不是風平浪靜的世外居所和避風港。

　　然而,無論經歷了多少風浪與波折,只要有了愛,就有了家庭的凝聚力,也可以成為青少年兒童成長的推

動力。本着這樣的理念與價值觀，十三篇故事的人物，雖然經歷不同的困境苦痛，但在他們的家庭中，總是以愛為動力、以愛來維繫、以愛作目標，一一顯現在女兒送給爸爸的榴槤，兒子和爸爸送給媽媽的母親節特別禮物；父親為孩子「請」來星星和月亮做朋友⋯⋯凡此種種，無一不是凝聚着深深的、毫無保留的愛，因而也可以逆轉不測的劣勢，得到溫馨、圓滿的結局。

讀者還可以看到，「愛在家庭」篇的十三個故事，情節雖然簡單，但主題突出，動人心弦。在語言文字方面，也具有本土特色，是小朋友小讀者容易理解，喜聞樂見的。

周蜜蜜

兒童文學作家，現為中國作家協會會員、香港作家聯會副會長、兒童文學藝術聯會會長、世界華文文學聯會理事等。作品在海內外發表，並榮獲多種重要文學獎項。

自從爸爸喜歡上了他公司一個女同事之後，快樂和幸福就遠離了小美。爸爸媽媽一碰面就像火星撞地球，媽媽哭、爸爸吼，小美常常嚇得躲在一角，不知如何是好。後來，爸爸乾脆提了個皮箱走了，再也沒回來。

小美一想起爸爸，一想起從前那個溫馨的家，就難過極了。但是，她不敢哭，因為她怕惹得媽媽更傷心。

一天，媽媽下班回來，將購物袋裏的東西一樣一樣放進雪櫃，菜、肉、水果，最後，掏出了一盒氣味濃烈的榴槤。媽媽拿着榴槤，愣了愣，自言自語地說：「唉，我怎麼忘了他不在家。」接着小心翼翼將榴槤包了好多層，放進雪櫃裏。

小美和媽媽是不吃榴槤的，連聞那股氣味都怕，惟獨爸爸卻特別喜歡吃。所以媽媽每次去街市，捂着鼻子都要買一盒回來給爸爸吃。

小美知道，在媽媽心底裏，一定還深深地惦掛着爸爸。聰明的小美突然想

了個好主意，第二天放學之後，她把榴槤送到了爸爸公司，請接待處那位阿姨交給爸爸。

媽媽發現雪櫃裏的榴槤不見了，還以為是爸爸趁她們不在家時回來吃了哩，於是，她又買了一盒回來。這樣，媽媽前前後後買過十幾盒榴槤，都讓小美悄悄送到爸爸公司。媽媽臉上開始有了笑意，她對小美説：「你爸爸還留戀這個家，他總有一天會回來的。」小美也胸有成竹地點着頭，説：「媽媽，我相信！」

一個陽光明媚的星期天，「篤篤篤」，有人敲門，小美開門一看，是提着皮箱的爸爸，爸爸真的回來了！

爸爸張開了雙手，把媽媽和小美擁進了懷裏，媽媽哭了，小美哭了，爸爸也哭了，爸爸慚愧地對媽媽説：「我錯了，我對不起你們母女倆。是你的榴槤提醒了我，使我知道原來你對我是那麼好，這個家對我是那麼重要……」

晚飯後，媽媽又從雪櫃裏拿出了一盒黃澄澄的榴槤，拆開包裝紙，擺在爸爸面前。那股濃烈的氣味馬上瀰漫了整間屋，小美第一次覺得，這氣味原來是多麼馨香！

十歲的小男子漢

明明今年十歲，在媽媽眼中，他還是個事事要人照顧的小娃娃。

每天早上，媽媽替明明放好洗臉水，擠好牙膏，煮好早餐，才柔聲地叫明明起牀。

明明要上學了，媽媽必定追出門口叮囑幾句：「小心過馬路，慢慢走，別跑得一身汗。」

要是碰上明明學校去旅行，那就更加不得了啦，食物一大堆，叮嚀也一大堆。有一次，媽媽甚至悄悄尾隨明明學校旅行的隊伍到公園，直到看見明明和同學玩得好好的才放心離去。

明明對媽媽說：「我已經長大了，會照顧自己的。」

媽媽嘴裏不說肚裏說：「還說長大哩，離開了媽媽我，看你一天也過不下去。」

明明放寒假了，爸爸媽媽特地請了大假，陪明明去北京玩。但正當他們遊覽完畢準備一起坐飛機回香港時，當記者的爸爸突然接到報館的電話，要留在

北京完成一個採訪任務，所以，只好由媽媽帶明明先回去了。

爸爸因急着去採訪，只能把明明和媽媽送到機場入口，臨分手時一五一十給媽媽交待了怎樣託運行李，怎樣確認機票，怎樣登機等等事項。但爸爸一離開，媽媽就把爸爸説的全忘了，慌慌張張地拖着明明在機場亂轉，分不清東南西北。

這時候，輪到明明大顯身手了。明明在學校上通識課時看過有關北京機場的一段錄像片，一切都記得清清楚楚，他對急得滿頭大汗的媽媽説：「媽媽，別着急，跟我來吧！」説完，很有自信地頭前引路，帶着媽媽去辦理一切手續，竟是毫無差錯，媽媽反而像個小孩一樣跟在他後面。

明明和媽媽順利地上了飛機，坐在了舒適的座位上，這回呀，媽媽一點也不敢小看明明了，什麼事都跟他有商有量。

兩個多小時之後，飛機在香港國際機場着陸了，明明幫媽媽拉了一個旅行箱，在前面挺神氣地走着，媽媽第一次發現，明明有這麼大的力氣，他真的長大了，成了一個自強自信的小男子漢了。

博文的新校服

愛在家庭

博文常常生哥哥的氣。是哥哥不和他玩？不是！是哥哥以大欺小？也不是！

其實哥哥對他非常好。博文做功課遇到了難題，哥哥耐心給他講解；有頑皮學生欺負博文，哥哥幫他解圍；博文放學時下雨沒帶雨傘，在同一間學校讀六年級的哥哥就冒雨跑回家，拿來雨傘接博文回家……這麼好的哥哥，博文為什麼會生他的氣呢？

問題很簡單，博文家境不怎麼好，所以他永遠只能穿哥哥穿舊了的校服。每當看見哥哥穿着雪白的襯衣、黑亮的新鞋子，十分神氣的時候，博文心裏就特別不滿。

有很多次，博文纏着媽媽説：「我也要買新校服，我也要買新鞋子！」

可媽媽總是説：「你哥哥個子長得快，校服穿一年就顯小了，扔了太可惜。再説，一套校服要好幾百塊錢呢，爸爸掙錢不容易，能省就省。」

博文知道沒希望穿新衣服新鞋子

了，只好繼續生哥哥的氣！

五年級開學不久，博文報了名參加小學校際歌詠比賽。比賽前一天，老師叮囑説，明天要盡量穿好一點的校服。

晚上，博文看着衣櫥裏那些舊得有點發黃的校服，心裏很無奈，他挑了一套稍為好一點的放在牀頭，然後就悶悶不樂地躺下了。

第二天早上，博文吃過早餐之後，就跑回房間穿校服。地上有甚麼絆了他一下，啊，竟是一雙漂亮的新皮鞋。再一看，牀頭那套舊校服不見了，換上了一件雪白的新襯衣，一條燙得筆挺的灰色長褲！博文興奮得跳了起來，一定是媽媽買的，媽媽真好！

博文興高采烈地跑到廚房，對正在洗碗的媽媽説：「謝謝媽媽給我買新衣服！」

媽媽説：「你誤會了，新衣服是你哥哥買的，他用光了幾年來存的零花錢呢！」

博文感動得淚水在眼眶裏打轉。怪不得哥哥平時總捨不得花錢，原來是為了存下來替自己買新衣服。他用力吸了吸鼻子，心想，自己就是一輩子穿哥哥的舊衣服，也心甘情願！

人人都說，珺宜的媽媽是一位典型的賢妻良母。媽媽怎麼賢惠，珺宜是最清楚了，別的不說，就拿媽媽十幾年如一日，晚晚不誤地為爸爸準備可口的宵夜，就十分難能可貴。

爸爸是個報館編輯，每天都要工作到深夜，回到家時就不免飢腸轆轆了。於是，媽媽就變着法兒，晚晚不同地為爸爸準備又美味營養價值又高的宵夜。爸爸曾悄悄地告訴珺宜，每天下班，當他拖着疲憊的腳步回家時，只要一想到那些可口的宵夜，就變得腳步如飛。開始時，珺宜還笑爸爸，說他是個饞嘴貓，但漸漸長大了，才明白，那是一種溫馨的親情在召喚着爸爸。

一天晚上，媽媽沒有如常地為爸爸做宵夜，而是早早地躺到了牀上，珺宜摸摸媽媽的前額，好燙手，她着急地說：「媽媽，您在發燒，我帶您去看醫生！」

媽媽有氣無力地說：「不要緊，你拿幾片退燒藥給我，吃了就沒事了。」

媽媽吃了藥後，就昏昏沉沉睡着

了。珺宜拿了本書靠在媽媽身旁，隔一會就去摸摸媽媽的額頭，大約過了一個小時，媽媽的燒明顯退了，呼吸也平穩起來，珺宜這才放下心。

但是，媽媽好像睡得並不安穩，不時說着同一句夢話，珺宜仔細聽聽，原來媽媽說的是「宵夜」，媽媽惦掛着沒給爸爸做宵夜哩。

珺宜決定代媽媽做宵夜，她打開雪櫃，拿了幾個雞蛋，努力回憶平時媽媽的做法，給爸爸做了一碗又香又滑的燉蛋。之後，又學媽媽那樣，將燉蛋放在保溫瓶裏。珺宜留了一張字條給爸爸後，實在太睏，就上牀睡了。

半夜裏，媽媽醒來了。一睜眼，見是爸爸用手摸她的前額，她突然想起了什麼，不禁驚叫起來：「啊，我忘了煮宵夜了！」

爸爸笑着揚了揚手裏的空碗，說：「女兒幫我做了燉蛋，還很不錯哩，你放心睡吧。」

媽媽先是不相信地睜大了眼睛，繼而又開心地笑了。

母親節的禮物

大清早，小新就被吱吱吱喳喳的鳥叫聲吵醒了，往窗外一看，只見藍藍的天空，明媚的陽光，老天爺爺也知道今天是母親節哩。

小新一個鯉魚打滾跳下了地，悄悄將秘密準備好的母親節禮物放在客廳的桌子上，然後跑進爸媽房間，小猴子般地跳上了牀，躺在爸爸媽媽的中間。每個假日，他們一家三口都會這樣，你一句我一句天南地北地聊上一個半個鐘頭，然後才起牀。

可是今天，小新一爬上牀，就狡點地朝爸爸眨了眨眼，然後對媽媽說：「媽媽，我想喝水！」

媽媽用指頭刮了小新鼻子一下，笑着說：「牙都沒刷就喝水，不講衛生！」

媽媽說着，還是起了牀走去廳裏。她正要給小新倒水，卻忽然發現了什麼。只見桌子上端端正正地擱着一張節日卡，節日卡下面還有一個用彩色禮物紙包着的東西。媽媽臉上綻開了會心的微笑，她拿起節日卡，只見上面寫着兩

行字：

祝母親節快樂，請接受我們的節日大禮！

小新和小新爸爸

　　媽媽笑瞇了眼，她放下節日卡，又拆開了那份禮物，呀，是一台小巧漂亮的筆記本電腦！

　　媽媽心裏一陣感動。她是一位作家，對於她來說，電腦是最珍貴最重要的工具。早兩天，她用慣了的那部電腦壞了，還為此不開心了好幾天。沒想到，小新和爸爸這麼有心思，買回了一台一模一樣的給她。

這時候，背後傳來了小新「嘻嘻」的笑聲，媽媽扭頭一看，一大一小兩個男子漢正擠眉弄眼地朝她笑哩。媽媽説：「謝謝你們送我這麼好的禮物。」

「我代表我自己和我爸爸接受你的謝意！」小新一本正經地説，「我跟爸爸商量過了，今天你什麼事都不用做，由我和爸爸買菜煮飯。還有，下午請你看電影。還有，如果你還喜歡什麼東西，我買給你……」

媽媽「噗嗤」一聲笑了：「我什麼都不要，只想要一個乖孩子！」説完，一把將小新摟進懷裏。

小新笑了，爸爸也笑了，一家子的笑聲，引得幾隻小鳥在窗口探頭探腦地看着。

夏天的晚上，亮亮和晶晶在天台看月亮、數星星。滿天的星星像小男孩一樣調皮，不停地朝亮亮和晶晶眨眼；彎彎的月亮像小姑娘一樣可愛，向亮亮和晶晶綻開了親切的笑容，引得亮亮和晶晶心馳神往。

亮亮嚮往地看着星星說：「我太想跟星星玩了！」

晶晶期待地望着月亮說：「我真想和月亮交朋友！」

可是，星星離亮亮太遠了，月亮離晶晶太遠了，怎麼可以一起玩，怎麼能做朋友呢？

亮亮歎了一口氣，說：「唉，要是星星和月亮可以來到我們中間就好了。」

晶晶想了想說：「我們一起大聲呼喚，說不定它們可以聽得見，真的下來跟我們玩哩。」

於是，由晶晶叫「一、二、三」，晶晶和亮亮一齊望着天空喊：「星星星星快下來，我們很想跟你玩；月亮月亮

快下來，我們跟你交朋友！」

　　可是，他們喊呀喊呀，星星還是在遙遠的天際眨眼，月亮還是在高高的夜空微笑，唉，一定是距離太遠，它們聽不見哩。亮亮和晶晶嘟着嘴，很不開心。

　　這時候，爸爸來了。爸爸說：「我有辦法叫星星和月亮下來。」

　　爸爸說着捧來了一盆水，輕輕放在地上，然後指着盆裏的水，說：「喏，星星和月亮下來了。」

　　亮亮和晶晶一看，真的，星星和月亮清清楚楚地映在水裏，星星和月亮真的下來了。

　　亮亮和晶晶端來了很多盛着水的盆子，地上馬上有了好多個月亮，好多顆星星，亮亮和晶晶手拉着手，在月亮和星星中間，快樂地唱呀、跳呀！

小雅當大廚

　　下午放學後，中二生小雅像往常一樣，開始做功課。

　　電話鈴突然響了，小雅趕忙拿起話筒。

　　是媽媽的聲音：「今天公司有事，我要遲半個鐘頭下班，到時我買飯盒回來。」

　　小雅靈機一動，便撒了個謊説：「媽媽，外婆來了，她説由她準備晚飯。」

　　媽媽高興地説：「那太好了，雪櫃裏有菜有肉有魚，叫外婆喜歡吃什麼就煮什麼吧。」

　　小雅放下電話，心裏高興極了。

　　他們家的晚餐平常都是媽媽下班以後煮的，媽媽辛苦工作了一天，回家還要忙個不停，小雅多心疼呀，她決心要學會廚藝，幫媽媽減輕負擔。

　　於是，每天媽媽煮飯時，她就在旁邊看，把做各種菜的要領記住；放假時，她還特地去表姐的西餐廳學做西餐。

　　廚藝學到手了，可是一直沒機會大顯身手，現在機會終於來了。

小雅做完功課，便戴起圍裙下廚了，一個鐘頭後，飯煮熟了，鹹蛋芥菜湯燒好了，還做好了檸汁豬扒、蠔油白菜兩個菜。一切在餐桌上擺開之後，媽媽和爸爸前腳跟後腳進了門。

　　「咦，外婆呢？」媽一進門便問。

　　小雅說：「她⋯⋯她說有事先走了。」

　　爸爸媽媽換了家常衣服便坐下吃飯，爸爸一邊吃一邊讚不絕口：「鹹蛋芥菜湯味道不錯，檸汁豬扒夠水平，味道好，軟硬恰到好處⋯⋯」

　　媽媽笑着說：「當然啦，我媽當了一輩子主婦，都可以當大廚了。」

　　小雅聽了暗暗摀着嘴笑。

「有問題！」媽媽突然想起了什麼，「我媽只會煮中式菜，從未煮過西餐，這豬扒……」

媽媽瞇起雙眼望住小雅：「小傢伙，這餐飯究竟是誰煮的？」

小雅忍不住大笑起來：「報告媽媽，這餐飯是本大廚煮的。」

在小雅的要求下，媽媽終於答應讓小雅負責煮晚飯。從此，每天爸爸媽媽下班回家，就可以馬上吃上香噴噴的飯菜了。

爸爸的背影

大掛鐘敲過九下，晚上九點了，爸爸怎麼還不回來。小陽和媽媽都有點擔心起來。

電視開始播送新聞簡報，媽媽看着看着，突然驚叫起來：「小陽快來看，爸爸工作的那家報館宣布結業了，全部員工都要遣散！」

小陽跑過去時，屏幕上正閃過失業員工一張張惆悵的面孔。當記者的爸爸要失業了，小陽只覺得心裏沉甸甸的。

爸爸是家中的經濟支柱，要供樓，要贍養爺爺奶奶，現在沒了收入，光靠媽媽那一萬多元，怎夠用呢？

門鈴響了，是爸爸回來了。媽媽和小陽趕快迎了上去。

「對不起，回來晚了。小陽，怎麼忘了給爸爸拿拖鞋？」爸爸爽朗的聲音跟平時沒兩樣。

媽媽默默地遞去拖鞋，眼裏有淚光。爸爸望望媽媽，又望望小陽，説：「報館結業的事，你們都知道了？」

媽媽和小陽互相看看，都不做聲。

爸爸卻笑了起來：「太好了，省得我又要費口舌。」接着，他伸出兩隻有力的胳膊，一手摟住媽媽，一手摟住小陽，說：「別擔心，我沒了這份工，還可以找另一份工呀。找不到文職，幹體力勞動也行，只要有一雙手，何愁沒工做！小陽，你說對不對？」

小陽使勁「嗯」了一聲，他相信爸爸的話！

爸爸託了很多親戚朋友找工作，半個月過去了，都還沒有什麼回音，爸爸便臨時找了一份推銷員的工作。他每天背着那些推銷商品，從香港到九龍，從早晨走到晚上，看他每天下班回家精疲力盡的樣子，就知道他是多麼辛苦。

但爸爸從沒歎過一口氣，從沒皺過一下眉頭，臉上永遠開朗、自信！

　　兩個月之後，爸爸終於找到了一份編輯的工作。一個陽光明媚的早晨，爸爸穿得整整齊齊地上班了，小陽望着爸爸高大的背影，心裏不禁一陣感動：爸爸，你不愧是生活中的強者！

看戲

愛在家庭

小茜的媽媽年輕時是個舞蹈藝員，現在雖然轉業做了編輯，但仍是個舞蹈發燒友，尤其喜歡看芭蕾舞。

星期天，小茜正和爸爸在家看電視，媽媽從外面回來，喜孜孜地搖着手裏拿着的幾張票說：「這是俄羅斯芭蕾舞團的《天鵝湖》，只演兩場，我託人很辛苦才買到哩。今晚我們三個人一塊去看。」

媽媽換了家常衣服就興高采烈地忙開了，先是燙好一家人出門要穿的衣服，接着就開始準備晚飯，她一邊幹活，還一邊哼着那首輕快的「四隻小天鵝」舞曲。

這時候，「篤篤篤」，有人敲門，小茜跑去開了門，馬上高興地叫了起來：「奶奶！」

「小茜乖！」奶奶興沖沖走了進來，還未坐定，就從手袋裏拿出四張票，笑嘻嘻地說：「上海越劇團的《紅樓夢》，我託了朋友才買到，今晚我們四個人一起去看！」

小茜和爸爸媽媽一聽，不禁呆了，尤其是媽媽，一副瞠目結舌的樣子。奶奶發現氣氛有點不對頭，奇怪地問：「有什麼不妥嗎？」

　　爸爸對奶奶說：「其實我們……」

　　「太好了，一定很精彩哩！」媽媽不等爸爸說下去，便截住他的話。接着又對小茜說，「你陪奶奶坐，我和爸爸下廚。」

　　爸爸和媽媽進廚房了，小茜拿着個杯子去廚房倒汽水，剛好聽見了爸爸媽媽的對話。爸爸說：「你剛才為什麼不讓我說，本來我想提議你跟小茜去看芭蕾舞，我陪媽媽去看越劇。你不是早就想看《天鵝湖》嗎？不去多可惜。」

媽媽説：「奶奶平日極少出門，今天難得她有此好興致。老人家喜歡熱鬧，我們就一起陪她去吧，讓老人家開心開心。至於《天鵝湖》，我想今後還是有機會看的。」

小茜聽了媽媽的話，心裏很感動，她知道媽媽其實一點都不喜歡看越劇，但為了奶奶開心，媽媽卻寧願放棄最喜愛的芭蕾舞，怪不得奶奶常誇媽媽，説她比自己女兒還孝順。小茜想，自己長大了，也要對媽媽好，對爸爸好。

俊俊的星期天

天蒙蒙亮，俊俊就起牀了。這個星期天對於俊俊來說，簡直比過節還高興，因為，他準備和爸爸媽媽一起去淺水灣游泳哩。

俊俊的爸爸是個記者，採訪任務十分繁忙，平時也難得在星期天休息。印象中，全家人已很久沒一起出去玩了，所以，當爸爸昨晚宣布今天休息時，俊俊開心得跳了起來。

俊俊見爸爸媽媽還沒有醒，便裝模作樣地又是學貓叫，又是學鳥叫，這一招果然有效，爸爸媽媽很快就起牀了。爸爸還故意裝出很兇的樣子，刮了俊俊的鼻子一下，說是懲罰他擾人清夢。

在一片樂融融的氣氛中，一家人整裝待發了，突然電話鈴響了起來，俊俊急忙跑去接聽。話筒裏傳來學校陶老師的聲音，他說學校明天校慶，但用作舞台布景的一幅巨型水粉畫還未完成。學校美術組的同學，就數俊俊住得最近，不知俊俊今天可否回校幫忙？

俊俊頓時呆住了，不知如何是好。

陶老師又說：「如果你有空就回學校美術室找我，要是沒有空也不要緊，我一個人搞也行。」陶老師說完就放下了話筒。

俊俊嘟着嘴把陶老師的話告訴了爸爸媽媽。媽媽見俊俊不開心的樣子，就說：「我們還是按原計劃去游泳吧，反正陶老師也不是一定要你回去。」

俊俊想了想，說：「不，我還是要回去。那幅畫還有很多沒完成，陶老師一個人會忙不過來的。」俊俊說完，堅決地將背囊放回桌上。

「我倒有個兩全其美的辦法。」爸爸朝俊俊擠擠眼睛，說：「你可以邀請你的美術愛好者爸爸和美術編輯媽媽一起回學校做『客串畫家』，這樣，那幅畫就可以很快完成，然後，我們還有時間去淺水灣……」

「好辦法！」俊俊高興地大叫起來。他又背上了背囊，一手挽着爸爸，一手拖着媽媽，一家人開開心心向學校走去。

好爸爸的缺點

小竹有個好爸爸。爸爸愛護妻子、關心兒女，而且多才多藝，目前是好幾家大報的專欄作家。

但是好爸爸也有缺點。爸爸是個嗜酒的人，每周總有一兩晚喝得醉醺醺的回家，一回來就手舞足蹈，狂歌狂舞，令到小竹和妹妹做功課也受影響。有時，爸爸還將穢物吐得滿牀滿地都是，讓媽媽忙碌好半天才收拾乾淨。

媽媽常常勸爸爸戒酒，道理講了幾大籮，但爸爸卻振振有詞地說：「喝酒有什麼不好，古有杜康劉伶嗜酒成萬世佳話，還有詩仙李白，醉酒後寫出千古絕句。」

爸爸說到這裏，用手捋捋那不存在的鬍子，裝模作樣地吟起李白的醉酒詩：「雲想衣裳花想容……」把媽媽弄到哭笑不得。

小竹和妹妹決心幫好爸爸戒酒，想呀想，終於被他們想出辦法來了。一天晚上，趁爸爸酒醉回家，小竹用攝像機將爸爸的醉態從頭到尾攝了下來。

　　第二天剛好是星期天，小竹和妹妹互相打個眼色，便扯着爸爸嚷着要看錄像，好脾氣的爸爸笑呵呵地表示響應。小竹跑去擺弄錄像機，而妹妹則笑嘻嘻地取下爸爸的近視眼鏡，説今天是不准戴眼鏡日。

　　爸爸也不生氣，問道：「小傢伙們，放什麼錄像呀？」

　　小竹擠了一下眼睛，説：「是個教育片，叫《醉鬼爸爸》。」

　　放像開始了，屏幕上出現了爸爸，他正醉得東倒西歪地走進家門。爸爸眯着近視眼盯着屏幕説：「咦，這個醉鬼也真不像話，喝成這個樣子！」

　　畫面上的爸爸開始發起酒瘋來，沙發上的爸爸笑得人仰馬翻，還拍着小竹的腦瓜説：「真醜怪，幸虧爸爸我不像他那樣。」

忽然，妹妹一下將眼鏡架回爸爸鼻子上，正笑得開心的爸爸笑聲「嘎」一下停止了，張開的嘴巴繼續大張着，他這才看清了畫面上那個「醉鬼」原來是自己。

　　妹妹大笑着用手指點點爸爸的鼻子：「羞羞羞，看你以後還敢不敢喝酒！」

　　爸爸摸摸腦袋：「原來醉酒這麼失儀態，爸爸以後再不做醉鬼了。」

　　爸爸説到做到，後來果然把酒戒了。

奶奶不疼阿明，奶奶太孤寒。自從奶奶住到阿明家之後，阿明就有了這樣的感覺。

不是嗎，以往跟爸爸媽媽逛公司，阿明喜歡什麼就買什麼，爸爸媽媽從不令他失望。可是現在多了奶奶，情況就不一樣了。上次阿明看中了一隻電子寵物狗，爸爸都準備付錢了，可奶奶卻堅決反對，説阿明已是中一學生，不應該再玩這些玩具。這次阿明又看中了一對球鞋，媽媽都同意買了，但奶奶硬是不許，説阿明都有兩對球鞋了，小孩子不要太鋪張浪費。

明天就是聖誕節了，往年，阿明早上一睜開眼睛就準能看見桌上一份精美的禮物。今年會有嗎？阿明想，多數不會有了。奶奶肯定反對買禮物，而爸爸媽媽又最聽奶奶話，看來今年要過一個沒禮物也沒意思的聖誕節了。

第二天，阿明懶洋洋的，很遲才起牀。當他半閉着眼睛走出睡房時，卻赫然發現客廳裏擺着一輛淺藍色的單車。

他以為自己眼花看錯了，用手揉揉眼睛，沒錯，的確是一輛簇新的他嚮往已久的自行車。只見車上還掛着一個精美的卡片，上面寫着：阿明聖誕快樂。

「噢！」阿明高興得跳了起來，這單車他早就想要了，只是價錢太貴，所以一直不敢提出，沒想到爸爸媽媽會送給自己。阿明跑進爸爸媽媽的房間，大聲叫嚷着：「謝謝爸爸媽媽的單車！」

爸爸笑着說：「你謝錯人了，這單車並不是我們送的。」

阿明大惑不解地眨着眼睛：「不是你們送的？那難道是……奶奶！」

　　爸爸媽媽微笑地點着頭。阿明覺得很慚愧，自己還説奶奶孤寒哩。

　　這時候大門一響，奶奶晨運回來了。阿明不好意思地跑到奶奶跟前，説：「奶奶，謝謝您送這麼貴的禮物給我，我以前還説您孤寒哩。」

　　奶奶開心地笑了：「奶奶不是孤寒，只是不喜歡人亂花錢。用錢要用得有價值，這單車是送給你鍛煉身體用的，多貴奶奶都捨得買。」

　　阿明説：「奶奶，我明白了，我會聽您的話，以後再也不亂花錢。」

明真小學靠近大門口有一個小院子，小院子有一棵大榕樹，這棵大榕樹長得十分茂盛，枝枝杈杈向四面伸延着，就像一把巨大的傘。大榕樹下面有許多低矮的石凳，平日裏，學生都喜歡坐在石凳上談天説地。

這天，放學鈴聲剛響，學生們就像一大羣小鴨子般，「踢踢噠噠」地從教室跑出來，自己回家的就三三兩兩結伴而行，有家長接的就拉着家長的手一蹦一跳地離開。而一些家長還沒到的學生，就三三兩兩地坐在院子裏的石凳上，伸長脖子望着大門口。

落日的餘暉斜灑在大榕樹上，透過枝葉的間隙，在院子的水泥地上畫上了許多金黃色的斑點。坐在最靠近大門口的是小四A班的一班同學，他們正你一言我一語，吱吱喳喳地聊着天。

「我明天生日，我爸爸媽媽答應送我一雙新球鞋和一枝手槍。那可是一枝真正的槍呢！一扳，會『砰砰砰砰』地響！」胖胖的海明驕傲地挺起胸脯，「我

爸爸媽媽對我真好……」

「我爸爸媽媽才好呢！」大眼睛的小華不等海明説完，就打斷他的話，説，「爸爸媽媽不管怎麼忙，每個星期都帶我出去玩！明天我們一家又去淺水灣游泳了！」

「我爸爸媽媽……」

「我爸爸媽媽……」

他們的聲音一個比一個高，都在努力向同學説明，自己也有着世界上最好最好的爸爸媽媽。

「咦，李建建，你幹嗎不説話呀？」大眼睛小華扭過頭，看着旁邊一個男同學。他低着頭垂着眼睛，一直沒有加入同學的話題。

李建建一愣，雙手不安地擺弄着衣服上的鈕扣，結結巴巴地説：

「我爸爸……我媽媽……」

「嘿，別問他了！」海明扭過頭，説，「他沒有媽媽！他爸爸跟媽媽離婚了，他現在只有爸爸，沒有媽媽！這是我奶奶告訴我的。」

「建建，你爸爸媽媽真的離婚了嗎？」

「建建，你現在真的沒有媽媽嗎？」

大家都很驚奇，他們實在不能接受，一個小孩子怎麼可能沒有媽媽呢！尤其是小華，她的大眼睛睜得更大了，記得媽媽有一次去了加拿大探望外婆，她每天都惦掛媽媽，

不知偷偷在被窩裏哭了多少回呢。沒有媽媽會是一件多麼可怕的事情，她想都不敢想。

建建沒説話，只是把頭垂得更低，低得差點碰到膝蓋。

小華還想問，這時候，「叭叭叭」一輛私家車在門口猛響喇叭。海明一聽馬上蹦下地，一邊叫着「爸爸來了！爸爸來了！」一邊跑出大門口。不一會，他又從大門口探進頭來，揚揚手裏的一枝閃亮的玩具手槍，開心地説：

「瞧，爸爸送的！」

「啊，好棒的手槍！」同學們都拍起掌來。

坐在小院子裏的同學一個接一個地被家長接走了，只剩下建建垂着頭坐着，還有校工李嬸在抓着掃帚打掃。

不知什麼時候，金黃色的小斑點已經不見了，大榕樹下變得昏暗起來。

「喵——」一隻小花貓不知從哪裏走了出來，牠大膽地跳到石凳上，側起小腦袋，用一雙玻璃球般漂亮的藍眼睛，瞅着建建。

「喵——」小花貓朝着建建叫了一聲，表示友好。

小花貓！建建抬起頭，眼睛一亮，臉上露出了笑容。他伸出手，把小花貓輕輕抱了起來，用臉頰去蹭牠柔軟的毛。

建建也曾經養過一隻小花貓，那是外婆送給他和妹妹的聖誕禮物，也是這樣黑白相間的毛，也是這樣漂亮的藍

眼睛。小花貓活潑、可愛，給建建和妹妹帶來了許多歡樂。

可惜，小花貓只在建建家呆了一個多月，就死了。那天建建的爸爸喝了酒，回到家和媽媽吵得很兇，還把一個酒瓶向媽媽砸去，媽媽及時閃開了，卻把在一邊呼呼大睡的小花貓砸個正着。小花貓當場頭破血流，雖然媽媽馬上把牠送去獸醫診所搶救，但小花貓因為傷勢太重，第二天就死了。

小花貓的死對建建打擊很大，整整一個星期裏，他每晚都躲在被窩裏哭，哭可憐的小花貓，也哭再也沒有歡樂的家庭，他彷彿覺得，童年的歡樂，隨着小花貓的死而永遠失去了。

小花貓的毛又暖和又舒服，建建閉上眼睛，彷彿又回到了從前，他和妹妹一起開心地和貓咪玩⋯⋯

　　「喵嗚——」忽然，小花貓叫了一聲，掙脫了建建的手，「撲」一下跳下地，飛快地向大門口跑去。建建一看，門口站着一隻大花貓，啊，是貓媽媽來接小花貓了！

　　小花貓在貓媽媽腳邊撒着歡兒，又把小腦袋在媽媽身上拱來拱去，玩了一會兒，便跟着媽媽走了。

　　建建看着小花貓和牠媽媽的背影，心裏難過得直想哭。同學們都回家了，小花貓也回家了，孤獨，極大的孤獨感充滿了他的心。

　　就在他家的小貓死後不幾天，媽媽帶着妹妹回到了外婆家。從那天起，他的生活就完全改變了。媽媽沒有了，妹妹沒有了，爸爸變得越來越兇。有一次，建建怯生生地對爸爸說，他想媽媽，卻被不明不白地打了一巴掌。

　　這巴掌把建建打得眼冒金星，他從此見了爸爸就害怕，更不敢在爸爸面前提到媽媽。

　　一陣啁啾的小鳥叫吸引了建建，他抬起迷惘的雙眼，在頭頂茂盛的枝葉間找尋着。

　　大榕樹不知什麼時候築了一個鳥窩，幾隻小鳥大概肚子餓了，抬頭望着天空，在啾啾地叫着。這時候，鳥媽媽叼着幾條小蟲子飛回來了，小鳥見了，急切地朝媽媽張開小嘴巴，鳥媽媽小心地把小蟲子放進小鳥的嘴裏。

建建看呆了，腦海裏想起了一個場景⋯⋯

「媽媽削蘋果給你們吃，乖孩子，快去洗手！」媽媽拿出一個又大又紅的蘋果，對建建和妹妹說。

「洗手囉！」建建幫着妹妹把手洗乾淨，搬過兩張小椅子，坐在媽媽面前。媽媽把削了皮的蘋果切成一小瓣一小瓣的，送進小兄妹倆的嘴裏⋯⋯

啾啾，啾啾，小鳥歡樂的叫聲把建建從回憶中驚醒過來。媽媽呢？妹妹呢？眼前只有茂密的大榕樹，只有樹上的小鳥。

落日收起了它的餘輝，天開始黑了。

「媽媽！媽媽！」建建突然覺得害怕起來，他在心裏輕輕地喚着媽媽，他多麼盼望在大門口會出現媽媽慈愛的臉容。可是，在越來越濃的暮靄裏，他什麼也沒有看見，而大榕樹的陰影卻像魔鬼的爪子，搖搖晃晃地向他伸過來了。建建害怕極了，他瑟縮着，可又不敢吭聲。幸好這時李孀走過來了。

「怎麼，又是你包尾呀！」心直口快的李孀大聲說。

建建低着頭，只覺得鼻子酸酸的，他眨巴着眼睛，不讓淚水流出來。

李孀歎了口氣，伸手輕輕撣着建建衣服上的一塊髒東西：

「我看你的校服已經好幾天沒洗了吧，髒成這個樣

子！你媽也真是的，一點也不愛惜孩子！」

「不！不是的……」建建很想為媽媽申辯幾句，想了想，又把話嚥進肚子裏，他不想讓李孃知道自己是一個沒有媽媽的孩子。

夜空中，幾顆性急的小星星已經跳上了榕樹梢頭，李阿姨無可奈何地牽起建建的手，向大門口走去：

「告訴李孃，你家住在哪裏？」

建建沒有聽見李孃的話，他那暗淡無神的眼睛突然閃出了亮光。他看見大門外的路燈下，佇立着一個熟悉的身影。

「媽媽！」建建掙脱了李孃的手，撲向對面馬路。

李孃舒了口氣，她看着建建摟住媽媽，這才放心地走了。

「媽媽，你真的是媽媽！」建建把媽媽摟得緊緊的，好像怕她會突然消失。他覺得有很多話要跟媽媽説，但又不知從哪裏説起。

媽媽親着建建的臉，嘴裏喃喃地説：

「建建，我的好孩子！」

「媽媽，你別跟爸爸離婚了，和妹妹一塊回家吧！」建建緊盯着媽媽的臉，期待着她點頭，「星期一，你就送我上學，讓同學看看，我不是沒有媽媽的孩子。」

媽媽的身子顫抖了一下，無力地閉上了眼睛。

「媽媽，媽媽，你就答應我吧！」建建忍不住了，眼淚大滴大滴地落了下來。

「建建，你別這樣！」媽媽強忍眼淚，她不知怎樣跟兒子解釋。

「建建，看，媽媽給你買了禮物！」媽媽從手提袋裏拿出一樣東西，塞到建建手裏。

「手槍！」建建驚叫起來。

多好看的手槍呀！錚亮錚亮的，一扣扳機，「砰」的一聲，又響又脆！

「媽媽，你真好！」建建掛着眼淚的臉綻開了笑容，他依偎着媽媽，把小手槍左看右看，腦子裏展開了一幅美好的圖景：星期一，媽媽牽着自己的手，送自己上學校，同學圍了上來，羨慕地看着自己的小手槍⋯⋯

「建建！」一聲猛喝，把建建的魂魄都嚇飛了。

幾步之外，爸爸手裏拿着一個空酒瓶，他一隻血紅的眼睛朝這瞪着，他繼續吼着：

「你想死呀！過來！」

建建驚恐萬狀，用雙手緊緊地摟着媽媽的腰，媽媽的身體在發抖。

爸爸一邊吼着，一邊將建建像拎一隻小貓似地拎到身邊，然後轉身向媽媽大聲説：

「你！走！」

可憐的媽媽，她哭了，哭得那麼傷心。

「哇！」呆了半天的建建從喉嚨裏迸出了絕望的哭聲，他猛地掙脫了爸爸的手，跑走了。

爸爸在後面追着，他氣急敗壞的聲音：

「建建，你站住！」

媽媽也在後面追着，她慌亂地叫着：

「建建，你別嚇媽媽！」

建建什麼也聽不見，他只是飛快地跑着，跑着，腦子裏悲哀地想着：自己又是一個沒有媽媽的孩子，沒有媽媽的孩子……他瘋了似地跑着，把爸爸媽媽甩得遠遠的。

建建跑進了一個小公園，站在一塊小草坪上，他張開雙手，仰面八叉地往草坪上一倒。

四圍很安靜，大概人們都回家吃飯去了。一家人溫馨地圍着一張桌子，吃飯、談天，這情景建建家裏已不再有了。

建建閉上眼睛，兩行熱淚，從眼角流下來，浸濕了身底下的小草……

直到晚上十二點多，爸爸媽媽才在警方的幫助下，在小公園的草坪上找到了建建。建建迷迷糊糊地躺着，發着高燒。他馬上被送進了醫院。

當建建醒來的時候，發現病牀的兩邊分別坐着爸爸和媽媽。

「爸爸！媽媽！」建建伸出雙手，把爸爸媽媽的手拉住了。

媽媽將身子俯向建建：

「建建，別擔心，你很快會好的，很快會出院的！」

建建搖搖頭說：

「媽媽，我不要出院！我喜歡在這兒住！」

爸爸摸摸建建的頭：

「為什麼？有誰喜歡住醫院？傻話！」

建建看看媽媽，又看看爸爸，說：

「只有住醫院，我才有機會和爸爸媽媽在一起！我才可以做有爸爸、也有媽媽的孩子⋯⋯」

「建建，對不起⋯⋯」媽媽流淚了，爸爸也流淚了。

成長路上

名家導讀

再一次向前走

利倚恩

「成長路上」篇共有十九篇文章，內容貼近日常生活。故事以現實為基礎，題材多元化，有懸疑的布局，也有感人的情節。馬老師的文字滿有親切感，而且趣味盎然。

正所謂「經一事，長一智」，有些事情，做對了或做錯了，我們當下未必能夠及時發現，往往事後才領悟過來。就像《士多店的小男孩》，主角「我」隨口一句話，沒想到看店的小男孩會放在心上。馬老師沒有在故事中安排大人來說教，主角卻在事後明白是非對錯。

如果人生可以重來，今天的懊悔可不可以逆轉？《重複的十五號》的林林輸掉溜冰比賽，心裏很不服氣。第二天起牀後，日子竟然停留在昨天，林林再次參加相同的溜冰比賽，這次他可以反敗為勝嗎？

我們很容易受到既定觀念影響，只看到事情的表象。《網上友情》的阿堅認識了叫「老友記」的網友，他們都喜歡模型槍和航天飛機，十分投契。阿堅認定對方是個威猛的少年，見面時才發現對方竟然是……

《紅衣女孩》是個勵志的懸疑故事呢！小奇在跑步時遇到一位騎單車的紅衣女孩，她總是在他身邊經過。為了不被她看扁，小奇拚命練習跑步。兩人沒有交談，卻展開了無聲的競賽。小奇會不會鼓起勇氣認識對方？到了故事結尾，相信你會和我一樣問：「究竟紅衣女孩是誰？」

還有，《機警的海天》的海天發現通緝犯，《寄信》的丁丁和冬冬幫陌生人寄信等等，都是精彩有趣的故事。

我們在成長路上難免跌跌撞撞，會迷失，會痛，但只要我們還能站起來，便能再一次向前走。

馬老師的兒童文學內容豐富，訊息積極正面。我們享受閱讀樂趣之餘，亦會從中得到鼓勵。

利倚恩

兒童及青少年文學作家，著有兒童故事、校園小說等，內容真摯感人，文筆流暢清新。作品曾獲「書叢榜」十本好書獎項，更兩度獲選冰心兒童圖書獎。

布景上的錯字

　　星期天，小敏跟媽媽去粵劇團看綵排。

　　媽媽是劇團副導演，一進門就被老導演和幾個叔叔拉住了，站在舞台上你一言我一語不知在商量些什麼。小敏等得不耐煩了，便轉身去看舞台布景，只見小河彎彎，楊柳依依，河邊一座雅致的涼亭。儘管這一切都是畫出來的，但很有立體感，像真的一樣。

　　小敏突然發現，那座涼亭上寫着的「聽琴」兩個字，那個琴字寫錯了，便拉着媽媽說：「媽媽，那個琴字不是這樣寫的，兩個王字下面應該是『今』，而不是『令』」。

　　媽媽的臉馬上漲紅了，她很尷尬地望望老導演，又嚴厲地對小敏說：「小孩子別亂講！」說完拉着小敏走到一旁。責備說：「小孩子真不知輕重，那兩個字是老導演寫的呀，你當着這麼多人說他寫錯了字，叫人家怎麼下得了台。」

　　小敏很奇怪地說：「那有什麼不好

呢？我們老師也經常當着許多同學的面，指出我們學習上的錯誤，但所有同學都會虛心接受，一點兒不會尷尬呀。」

媽媽說：「你們是小孩子，怎麼可跟大人相提並論呢。這樣吧，你自己先回家去，免得再在這裏不知輕重亂說話。」

小敏嘟着嘴走了，她覺得這些大人真不可理喻，為什麼小孩子就可以虛心接受別人意見，而大人卻不可以呢？

傍晚時，媽媽回來了，一進門，她就遞給小敏一樣東西，小敏一看，呀，是一枝很漂亮的四色原子筆，小敏高興地說：「謝謝媽媽！」

「別謝我，是老導演送給你的。他說多虧你發現他寫錯了字，要不公演時給觀眾看見了，那就把劇團的臉都丟了。」媽媽說到這裏，有點不好意思地說，「小敏，我為剛才的事向你道歉，是媽媽不對。」

小敏開心地吻了媽媽一下，原來，大人們也可以接受別人意見哩。

綠色的「鬼火」

楊陽最喜愛聽故事，也真巧，同桌的吳大威就最喜歡講故事。

大威小時候在新界鄉村住過，聽大人們講過許多古怪的奇聞，這天，他給楊陽講了一個「鬼火」的故事。他講得有聲有色，還說鬼火是綠色的，進了誰的家，誰就會倒霉。楊陽感到又害怕又刺激，放學後一路回家，還想着這個鬼火的故事。

一進家門，見到爸爸媽媽正在收拾行李，媽媽說：「楊陽，我和你爸爸準備乘尾班車回廣州掃墓，明天下午才能回來，你一個人在家千萬要小心。」

楊陽是個聽話的孩子，他馬上點頭答應了。

吃完晚飯，楊陽開始做作業。窗外好黑呀，四周也好靜呀，楊陽心裏不禁有點害怕，正在這時，對面大樓「嘭」地一聲響，嚇了他一大跳，往窗外一看，他竟失聲「啊」地叫了起來。只見自家窗口與對面大廈之間，忽忽悠悠地飄着兩點綠幽幽的光，「鬼火！鬼火啊！」

楊陽一邊叫着，一邊跌跌撞撞跑出家門。

　　在門口，他和住隔壁的偉哥哥撞了個正着，偉哥哥説：「楊陽，出了什麼事？」

　　楊陽像見了救星一樣，摟着偉哥哥説：「鬼火，我家窗外有鬼火！」

　　「鬼火？」偉哥哥驚訝地問，又説，「你帶我去看看。」

　　楊陽心裏「撲通撲通」亂跳，帶偉哥哥走回屋裏，好怕人啊，那兩點鬼火還在哩。

　　可是偉哥哥一點也不再怕，他將手裏拿着的電筒，猛地照向鬼火，只聽「喵」一聲怪叫，什麼東西跑走了，鬼

火也沒有了。楊陽和偉哥哥幾乎一齊叫了起來：「是貓！」

原來是一隻貓伏在對面大樓住戶的晾衫架上，那兩點「鬼火」正是貓的綠眼睛。偉哥哥哈哈大笑起來，楊陽紅着臉，將大威的鬼火故事告訴偉哥哥。偉哥哥說：「世界上根本沒有鬼，又哪來鬼火呢？傻孩子，以後別自己嚇自己了。」

楊陽點點頭，送走了偉哥哥後，他又坐下來做功課，不管四周怎麼黑，他再也不會害怕了。

士多店的小男孩

放學路過街口的小士多，我按媽媽的吩咐，走進去準備買一盒蚊香。

家裏冷氣機沒裝好，常有幾隻蚊子從窗口飛出飛進，在耳邊「嗡嗡嗡」地又叫又叮，十分討厭。今天是中秋節，晚上爺爺奶奶來吃飯，千萬不能讓他們挨蚊子叮。

這一帶都是新建的居屋，配套的商場還在裝修中，所以街口這小士多的生意特別好，起碼我們買汽水、油鹽醬醋什麼的，都是光顧他們。來的次數多了，士多的那個大鬍子叔叔每次見了我，都會笑嘻嘻地跟我打招呼。

我進了士多，就大聲叫起來：「叔叔，買一盒蚊香！」

「好，一盒蚊香！」奇怪，答應我的是一個小孩子的聲音。

一個比我還小的小男孩從櫃台後面笑嘻嘻地看着我，見我狐疑的樣子，有點腼腆地説：「爸爸回家準備晚飯去了，我放了學來幫一會兒忙。」

説完，小男孩又機靈地站到一張小

木凳上，在貨架的最高處拿了一盒蚊香下來：「多謝八塊錢！」

誰知道，我一掏口袋，才發現沒有帶錢，就說：「對不起，我回家拿了錢再來。」

小男孩說：「好的，我等你！」

我匆匆走回家，才發現大廈對面新開了一家小店，裏面賣的東西跟街口那間差不多。我當然沒那麼笨「捨近求遠」，上樓拿了錢，就在新開的小店買了蚊香。

不一會，爺爺奶奶來了，香噴噴的菜餚也開始擺上餐桌了，這時候，爺爺告訴我，樓下信箱有信。取信這些事從來都是我做的，所以，我拿了信箱鑰匙，就下樓去了。

對面那家小店已經關了門，門口還貼了一張紅紙，上面寫着：中秋佳節，提早關門。我下意識地望了一眼街口那一間小士多，卻發現那間士多還亮着燈。我心想：這小子真是「發錢寒」，掙少一點點沒關係嘛！中秋佳節應該早點回去跟家人團聚的，得去提醒提醒他。

我向小士多走去，遠遠聽見電話鈴響了，接着聽見小男孩的聲音：「爸爸，你們先吃飯吧！有個哥哥說好了來買蚊香，我答應等他的！」

我大吃一驚，原來他遲遲沒關門回家，是因為答應過等我去買蚊香！而我根本就忘了這回事。

我只覺得臉上滾燙滾燙的，心裏很不好意思，便快步

走進了小店。小男孩一見到我，就驚喜地説：「啊，哥哥，你來了！」

我拿出剛剛爺爺給我買東西吃的一百塊錢，説：「買十盒！」我想盡量幫他多買一點東西，好減輕心裏的歉意。

小男孩驚訝地望着我：「哥哥，蚊香是有使用日期的，放久了就不能用了，你買那麼多，用不完會浪費的！我看你還是先買一盒吧，用完了再來買。」説完，他把已經事先放在櫃台上的一盒蚊香遞給我。

我感動地點了點頭。小男孩給我上了生動的一課，使我學會了應該怎樣做人。

過失

成長路上

放學了，思源跟往常一樣，站在巴士站牌下等車。耳邊忽聽得「篤篤」聲響，思源抬頭一看，呀，一個失明的叔叔拄着根棍子，再走一步就撞着自己了。思源本能地向旁邊一閃，叔叔竟「砰」一聲撞到站牌上，戴着的黑眼鏡也撞跌地上，「啪」一下碎了。

思源頓時呆住了。這時候，一位姐姐走過來扶住叔叔問：「先生，傷着哪裏了？」

叔叔用手摸摸額頭，笑笑說：「沒事沒事，請問這是巴士站嗎？」

姐姐說：「是呀，你就站這裏等吧。」

思源好久才回過神來，雖然並沒有人發現是他間接闖的禍，也沒有人責備他，但是他還是難過得直想哭。都怪自己，要是自己不閃開，而是提醒叔叔避開，叔叔就不會撞到站牌，也不會打破黑眼鏡。他真想跑過去跟叔叔說聲「對不起」，但又沒這個勇氣。

這時候，巴士靠站了，叔叔拄着棍

子，摸摸索索地準備上車，思源跑過去，説：「叔叔，我扶你上車。」

思源將叔叔扶上車，一個阿姨馬上起身讓座，思源又細心地扶叔叔坐下。叔叔伸出手，摸呀摸呀，摸着了思源的頭，很感激地説：「真是個好孩子。」

這時候，車上的乘客都向思源投去讚歎的目光，但誰也不知道，這時候思源心裏還在狠狠地責備自己哩。

也真巧，叔叔跟思源是同一個站下車的。思源扶叔叔下車後，對叔叔説：「叔叔，請等我一下。」説完，就跑進了路旁一間眼鏡店，用媽媽給的零用錢買了一副黑眼鏡。

思源將黑眼鏡塞到叔叔手裏，説：「叔叔，對不起。這是我賠給你的眼鏡，請收下。」説完，就跑走了。

雖然思源用光了自己的零用錢，但他還是覺得很高興，因為他終於彌補了自己的過失。

每年暑假，都是小文開心的日子。這次，他又像快樂的小鳥一樣，飛呀飛呀，飛到了內地的種西瓜能手余伯伯的家了。

余伯伯有一次參加「瓜王」大賽，帶來的西瓜全場最大最重最甜，所以得了冠軍。當時小文的記者爸爸採訪過他，之後就成了好朋友，今年暑假，余伯伯特地邀請小文去他那裏玩。

余伯伯興致勃勃地帶小文去看他的瓜田。啊，西瓜真多呀！一眼看去，簡直望不到邊。余伯伯彎下腰摘了一個西瓜，用拳頭一敲，瓜就裂開了兩半，露出了裏面紅紅的瓜瓤。

「來，嘗嘗伯伯的手藝。」余伯伯遞了一半給小文。

「謝謝伯伯。」小文接過西瓜吃了一口，啊，那種清甜，簡直沁入心肺。小文起勁地吃起來，長這麼大，還從來沒有吃得這麼過癮，這麼香甜！

余伯伯見小文的饞樣，便又伸手摘了一個給小文，小文也學伯伯那樣，用

拳頭朝西瓜猛一敲，糟糕，拳頭陷進瓜裏了，紅紅的瓜瓤濺了小文一頭一臉，引得伯伯哈哈大笑起來。

西瓜快到收穫的時候了，為了提防小偷，余伯伯就在瓜田旁邊搭了一個瓜棚，每晚都在那裏看着，小文也自告奮勇去陪伴余伯伯。

小文還從來沒有在田野裏露宿過呢，仰面躺在柔軟的草叢中，數着滿天的星星，聽着池塘裏的青蛙「呱呱」叫着，看着點着小燈籠的螢火蟲飛來飛去，那種情景，那種感覺，真是太美妙了。

余伯伯不但種瓜種得好，還是個講故事能手哩。什麼《孫悟空大鬧天宮》呀，《武松打虎》呀，還有《哪吒鬧海》呀，講得繪聲繪色，聽得小文都着迷了。伯伯還指着天上的牛郎織女星，給小文講牛郎織女的故事，還說七月初七那晚，半夜時在瓜棚裏會聽到牛郎和織女在說悄悄話哩。可惜的是，七月初七那晚，小文熬不住眼睏，沒到半夜就睡着了，為這他一直懊惱了許多天。

暑假快結束時，小文要返香港了，臨走時跟伯伯說，明年暑假還要來陪伯伯看守瓜棚，聽牛郎織女說悄悄話。

伯伯表哥

　　父母上班去了，只有小謙留在家裏做暑假作業。「鈴——」電話響了起來，小謙趕快跑去接，咦，原來是表姨媽從南非打來的，説要找小謙媽媽。

　　小謙説：「媽媽不在，我是小謙，您有什麼事嗎？」

　　表姨媽説：「小謙呀，替我告訴你媽，我的兒子國超回中國大陸公幹，會先在香港留幾天，班機在下午三點到，麻煩你媽去接一接。」表姨媽沒等小謙答話，就掛上了電話。

　　小謙想了想，決定自己去機場接表哥國超。可是，小謙不但沒跟表哥見過面，甚至連電話都沒打過，等一下去機場，怎麼跟表哥相認呢？

　　小謙突然想起媽媽有一本相簿，裏面夾了許多親戚的照片，便馬上把相簿翻了出來。終於找到了！照片上的男孩穿着運動服，神氣極了。照片下方還用原珠筆寫着「國超」兩個字。就是他，絕對沒錯。

　　小謙剛要出門，天空「嘀嘀嗒嗒」

下起雨來，小謙拿了把大傘，等下要遮兩個人哩。

去到機場，表哥坐的班機剛好到了，小謙眼也不敢眨，望一眼照片，又望一眼陸續走出來的乘客，可是，乘客漸漸走光了，卻一直沒見到表哥出現。小謙在大堂轉了一圈，還是沒找着，只好垂頭喪氣地準備回家了。

雨越下越大，一位大約五十來歲的伯伯，手裏抱着行李，正發愁地望着天空。小謙跑過去說：「伯伯，我遮你去搭巴士吧！」

「太謝謝你了！」伯伯說着鑽進了小謙的傘下，又問，「小朋友，你也是來接人的嗎？」

小謙説：「來接我表哥呀，可惜沒接到。伯伯，你在飛機上見過我表哥嗎？」他把表哥的照片遞給伯伯看。

「呀，這不是我嗎？」伯伯驚訝地叫了起來。

「是你？」小謙看看一臉鬍子的伯伯，真是丈八金剛摸不着頭腦。

「這是我三十多年前的舊照片呀。」伯伯哈哈大笑起來。

小謙再仔細看看照片，才發現原來在那簽名下面還有一行小字：攝於一九八五年。他不禁拍拍腦袋，不好意思地笑了起來。

小謙拉着伯伯，不，是表哥的手，兩人高高興興地回家去。

星期天，朱子榮去書店買書。升中一後，功課比較多，已有一個多月沒來書店了，子榮挑了兩本喜歡的，準備去付錢。

忽然，有誰從背後拍了他一下，子榮回頭一看，高興地大叫起來：「陳小均！」

陳小均是子榮的小學同學，中學派位時分到了別的學校，已有很長一段時間沒見面了。

「喂，你們學校好嗎？老師和新同學怎樣？」陳小均連珠砲似地問，沒等子榮回答，又說，「我們學校的籃球場可大啦，打起球來不知有多好玩……」

「我們學校也挺好呀……」子榮急不及待地搶着說，兩人吱吱喳喳地，你一句我一句，一邊說一邊向書店門口走去。走着走着，子榮的家到了，兩人又在樓下聊了一會才分手。

子榮回到家，媽媽見了便問：「買了什麼書呀？」

「買書？」子榮愣住了，這時候，

他才記起自己手裏拿着的兩本書忘了給錢。

「媽媽，我、我……」子榮感到又窘又害怕，不知怎麼給媽媽解釋這件事。

「子榮，究竟出了什麼事？」媽媽驚問。

子榮吞吞吐吐地將在書店遇見陳小均，只顧說話而忘了給錢的經過一一告訴了媽媽。

媽媽溫柔地摸着子榮的頭，說：「傻孩子，別太責怪自己，你忘了給錢是不對，但你並不是故意的，而且，這過失還可以補救……」

「對，我馬上把錢送回書店，還有向他們道歉。」子榮抓起兩本書急急忙忙衝出門口。

子榮一路小跑着去到書店，在繳款處那位阿姨面前說明了原因，最後還說：「阿姨，是我錯了，你們罰我吧！」

阿姨微笑着說：「像你這麼誠實的孩子，我們怎麼會罰哩。況且，這件事我們也有責任，證明我們的管理還不夠完善。」

阿姨收錢後把書遞回子榮手裏，她和藹地說：「歡迎你以後再來買書。」

「是，阿姨！」子榮調皮地舉手向阿姨行了個禮。

重複的十五號

在校際溜冰比賽中，林林以總成績一分之差輸給了方大為，只得了個亞軍。

林林很不開心，晚上躺在牀上，怎麼也睡不着。只差那麼一點嘛，真氣人！林林越想越不服氣，心想，要是今天的日子可以重複，要是可以再比賽一次，自己一定可以贏方大為。

林林懊惱地把拳頭往彈簧牀上一捶，不提防，把枕頭邊的日曆小座鐘震跌到地上，林林趕緊撿起來，幸好沒壞，那上面的小秒針還在「唰唰唰」地轉動着。就這樣，林林帶着滿肚子不開心睡着了。

第二天，林林醒來了，他習慣地拿起小座鐘看時間，不早不遲，七點正。可是不知怎麼搞的，上面顯示的卻是昨天的日子—— 15號，星期五，可能是昨晚掉到地上，給摔壞了。

媽媽端來了香噴噴的早餐，咦，怎麼跟昨天一個樣，也是火腿蛋三文治？平常，媽媽總是變着法兒，每天給林林

準備不同的早餐的呀！

林林正在奇怪，媽媽卻拿過林林的溜冰鞋來，説：「林林，祝你在今天的溜冰比賽中得到好成績！」

林林大吃一驚，説：「什麼溜冰比賽，昨天不是已經比賽過了嗎？」

媽媽瞪大眼睛，説：「別跟媽媽開玩笑了，媽媽還沒有糊塗，還記得今天是 15 號，是比賽的日子。」

林林簡直莫名其妙，為了弄個明白，他扛起溜冰鞋，跑到昨天比賽的地方。天啦，眼前的景物跟昨天見過的一樣，溜冰場上掛滿了有關這次比賽的各式標語、海報，看台上坐滿了各間學校的學生，廣播裏正介紹所有參賽的運動員的名字。

林林又驚又喜，想不到，自己的願望成真，今天又再一次重複了昨天的日子，自己又有了一個爭取拿冠軍的機會！

可是，比賽完畢公布成績，林林還是比方大為落後，但這次總成績卻不只差一分，而是差了三分。

晚上，林林又失眠了，他已經知道，比賽不是靠僥倖，而是靠實力，沒拿到好成績，的確是自己技不如人！他決心，從今天起，要加倍努力練習溜冰，爭取明年的比賽取得好成績。

可是，事情已經不受林林控制了，第二天醒來，還是

15 號！第三天，第四天，他每天都在重複着 15 號的日子，每天都要參加一次比賽，每天都要輸給方大為，每天都要吃早已吃厭了的火腿蛋三文治⋯⋯

當林林第六天醒來，見到媽媽又給他端來火腿蛋三文治時，忍不住「哇」一聲哭了起來，他一邊哭一邊大叫着：「我不要吃火腿蛋三文治！我不要吃火腿蛋三文治⋯⋯」

有人在他耳邊叫着：「林林，怎麼啦？火腿蛋三文治昨天不是吃過了嗎？我今天做的是車仔麵。」

林林睜開眼睛，果然看見媽媽端着一碗熱氣騰騰的車仔麵。他趕緊問：「媽媽，今天是幾號？」

媽媽想也沒想，就說：「16 號呀。」

「太好了！太好了！」林林高興得跳了起來，他終於把昨天甩掉了！

媽媽奇怪地問：「16 號是什麼特別日子？看你高興的樣子！」

林林把重複好多天 15 號的奇怪事情，一五一十告訴了媽媽。媽媽笑着說：「小傻瓜，你是做夢吧，哪有這樣的事。」

林林困惑地想了一會，真的做夢嗎，怎麼像真的一樣呢？

吃完早餐，林林高高興興地扛着溜冰鞋練溜冰去了，一邊走一邊對自己說：「前面有着無數新的希望，又何必老是為過去了的事情懊惱呢，真笨！」

做完功課收拾好書包之後，阿堅準時八點半坐到了電腦前面，開始和他的網上朋友聊「ＱＱ」了。這個習慣阿堅已堅持了半年多，他覺得有意思極了，與一羣素未謀面的人暢談，你一句我一句，談學習，談興趣，談理想，為一個十分投契的話題而興高采烈，或者為意見不同而爭得不可開交。而更有趣的是，他們彼此之間都沒有披露真姓名，只是以什麼「漢堡包」呀，「蛋炒飯」呀來自報家門。阿堅的網上名字就叫「小怪獸」。

阿堅有一個最好的網上朋友叫做「老友記」，他們經常在網上談很多男孩子所喜歡的話題，從模型槍到航天飛機，從「鐵達尼」號到「不列顛尼亞」號，有時談到很晚都不想去睡，要媽媽一催再催。為了保持神秘感，他們一直沒見過面。

暑假裏的一個晚上，阿堅告訴「老友記」，周六周日要去參加露營。也真巧，「老友記」也告訴阿堅，周六周日

也報名參加了露營。更巧的還在後頭，原來他們參加的竟是同一個社區中心組織的青少年營呢！阿堅高興得手舞足蹈了好一會，然後跟「老友記」約好，看誰先從三十個營員裏最先認出對方。

周六早上，阿堅把自己好好打扮了一番才出門，在他心目中，「老友記」一定是個高大有型的威猛少年，自己可不能太窩囊呀！阿堅提前十五分鐘來到了集合地點，還沒有人到呢！他找了一個很有利的地方坐下，在這裏，他可以把每一個前來集合地點的人看得清清楚楚。這時候來了個男孩子，高高的個子，方方的臉上一雙炯炯有神的眼睛，莫非是他？可是又不像，他來以後，就找了一個地方坐下，看起書來了，全不像要找人的樣子。不，他肯定不是「老友記」。

接着又來了個男孩子，瘦瘦小小的，像個沒戒奶的娃娃。看來也不是他！哎，又有人來了。唉，原來是個女孩子！接下來陸陸續續來了十幾個人，全不是阿堅要找的人。阿堅都有點着急了，他拿出一瓶蒸餾水，仰起頭咕嚕咕嚕喝了起來。正在這時，有人大喊了一聲：「小怪獸！」阿堅差點讓水嗆了，他趕緊抬起頭來，只見一個梳孖辮、眼大大、精靈活潑的女孩子朝他跑了過來。阿堅大吃一驚：「你……你就是老友記？」

那女孩子歪着頭説：「怎麼，老友記不可以是女孩子

嗎？」

　　阿堅有點慌亂地說：「不，不！我不是這個意思！只是沒想到自己居然可以和女孩子談得這麼投契。」

　　女孩子笑着說：「其實喜歡飛機大炮並不是男孩子的專利呀！」

　　出發了，阿堅和老友記並肩走着，他們和以往一樣談得十分熱烈。你們猜猜，他們又談些什麼了，是「AK四十七」？還是飛毛腿導彈？……

趁着星期天休息，海天跟着爸爸媽媽去拜祭爺爺。剛下車，卻發現墳場四周有很多警察。媽媽向站在旁邊的幾位嬸嬸打聽，原來是一個逃犯被警方追緝，有人目睹他跑到附近來了。

媽媽嘟囔了一句：「該死的通緝犯，跑進墳場來幹什麼，連先人也不得安寧！」

到了爺爺墓前時，三個人都驚訝地睜大了眼睛：只見墓碑下擱了一束很大的鮮花，有個人低着頭跪在那裏，嘴裏在嚅動，好像在訴說什麼。

媽媽爸爸互相望了一眼，這個人他們並不認識呀，他幹什麼要來獻花拜祭爺爺呢？

那人還是低着頭，嘴裏喃喃着好像並沒發現身邊來了幾個人。

爸爸忍不住問：「先生，請問你是哪位？你認識我父親嗎？」

那人抬起頭，望了望爸爸説：「我和你父親是好朋友，十幾年前移民加拿大了，這次回來聽朋友説他已過世，便

特地來拜祭。」

那人説完，又低下頭，用手掩着臉，像在傷心落淚的樣子。

爸爸媽媽見那人如此傷心，都很是感動，忙要扶他起身，但那人死活不肯，仍是低着頭掩着臉，令到爸爸媽媽不知如何是好。

海天站在一邊觀察了一會，卻發現那人有點不對頭，他的悲傷像是裝出來的，而且看樣子他的年齡頂多四五十歲，又怎可能跟爺爺是老朋友呢？

海天四處望望，見到兩個警察正站在不遠處，便不動聲色地朝他們招了招手。兩個警察見了，就馬上走了過來。那個人低着頭，一雙眼卻骨碌碌兩邊看，見到有警察過來，嚇得起身就要跑，但兩名警察搶先一步，把他抓住了。

原來那人真是個逃犯哩。他跑進墳場，順手拿了人家放在先人墓前的一束鮮花，就低着頭假裝拜祭海天的爺爺，以為這樣警察就不會懷疑他，誰知被機警的海天識破了。

飛來的一千大元

阿珠終於獲准來香港定居了！她跟着來接她的爸爸走出紅磡火車站，馬上就覺得一雙眼睛不夠用了。

那麼多的高樓大廈，好像插入了雲霄，説不定從窗口一伸手就可以抓到一片雲彩；那些商店裏面的東西，又多又漂亮，尤其是時裝店的櫥窗裏，那條白色的鑲滿了蕾絲花邊的裙子，穿起來一定像童話故事中的白雪公主一樣好看，阿珠看得開心極了，好像自己已經穿上了這條漂亮的裙子，住進了高聳入雲的大廈裏。她心裏想，等一下就要爸爸給她買那條裙子，照張漂亮的相，寄給鄉下的小伙伴看看，她們一定羨慕死了！

可是當阿珠跟爸爸回到家後，她卻失望得差點掉下淚來，原來她們的家在一幢又舊又黑、連電梯也沒有的舊唐樓裏。進了家門，又見到那房子小得只有一百呎左右，還沒有鄉下的一間廚房大。

爸爸見到阿珠不開心，就説：「在香港，像我這樣每月不到一萬元收入的

人，能住上這樣的房子已經不錯了，居住環境比我們差的人多着呢！阿珠，做人還是腳踏實地的好。」

阿珠沒再説什麼，只是急急整理好自己帶來的行李，就催爸爸帶她上街，去買那條白裙子。可是，爸爸一看那條裙子的價錢，馬上嚇了一跳：「九百塊錢，天哪，我們這種人家哪裏買得起！不行，不行，我過幾天帶你去女人街買吧，幾十元就有一條，還蠻漂亮的。」爸爸也沒等阿珠再説話，就急忙把她拉走了，説是要帶她去二伯伯家。

阿珠一路上鼓着腮幫子，賭着氣不跟爸爸説話，幸虧很快就到了二伯伯的家。阿珠注意到，二伯伯的家境比她們家好多了，一家四口住着三房一廳，堂哥阿輝打扮入時，堂姐文英穿的衣服也十分漂亮，令阿珠看着眼饞。

二伯伯和二伯娘都挺喜歡阿珠，拉着她的手問長問短的，臨走還送給她一大堆堂姐文英穿過的舊衣服。

回到家裏，阿珠把那堆舊衣服一件件試穿，在鏡子前面比來比去，雖然每件都比阿珠現在穿的衣服漂亮，但阿珠還是想着那條白裙子。她心裏在歎氣：要是自己有錢就好了，這樣自己就可以馬上去把那條裙子買回來。

阿珠一邊想，一邊試穿一件舊大衣，又順手把手插進大衣口袋裏，學着時裝表演的模特兒那樣，昂首挺胸走了幾步。咦，口袋裏好像有什麼東西，掏出來一看，竟是一個紅包，紅包裏還有兩張五百元面額的港幣！一定是堂姐

不知什麼時候放在口袋裏的。

　　運氣太好了，想買東西，就馬上飛來了整整一千元！阿珠長這麼大還是第一次拿着這麼多錢呢。她的心在怦怦亂跳，有錢了，自己有錢了，這一千元足夠自己去買那條漂亮的裙子了！她急急忙忙將舊衣服攏作一堆，就往門外跑去，可是走了幾步又停下來了，她腦子裏好像有兩個小人在吵架，一個説：這是你堂姐的錢呀，你這樣跟偷有什麼兩樣！一個説：那條裙子是你夢寐以求的東西呀，這麼好的機會怎可以放過！

　　吃晚飯時，阿珠把那兩張五百元紙幣交給了爸爸。她已經想通了，如果要了這些錢，可能會一輩子良心受譴責。她也想通了，爸爸説得對，人還是腳踏實地的好。

丁丁和冬冬參加完暑期活動之後，結伴回家去。

站在車站等啊等，好久沒見車來，丁丁站累了，見路旁有張石凳，便跑過去，一屁股坐了下去。

「咦，這是什麼東西？！」丁丁發現地上有一個橙紅色的膠袋，裏面好像裝有東西。

冬冬說：「拿出來看看。」

丁丁拿起膠袋一抖，裏面掉出一封厚厚的信。丁丁拿起信仔細一看，原來是一封準備寄到美國的信，信封已封口，但還未貼郵票，大概是寫信人正準備拿去郵政局寄，路上不小心丟了。

冬冬說：「說不定是一封十分重要的信哩，失主一定十分焦急，我們把它送給失主吧。」

丁丁說：「信封上只寫着『由香港李付』，香港這麼多姓李的，我們哪知道是誰呀！」

兩個人想呀想，希望想出個妥善辦法，忽然，丁丁大叫一聲：「有辦法！」

冬冬忙問：「什麼辦法？」

丁丁說：「這信封上有收信人的地址，我們去郵局幫失主把信寄了，不就行了嗎？」

冬冬高興地說：「好辦法，我們馬上去郵局。」

丁丁和冬冬急忙跑到郵局，買了郵票貼在信封上，把信寄出了。這時候，他們才發現剩下的錢不夠坐車了，只好走路回家。

十多天之後，丁丁和冬冬在一張報紙上看到了一則「讀者來信」。這位姓李的讀者說，十多天前，他丟失了一封很重要的信，沒想到，有好心的人撿到後，貼足了郵票，把信寄到了美國的收信人手裏。這位讀者還說，雖然他不知道這位好心人是老是少，是男是女，但卻可以肯定是一位品德高尚的人，他會永遠感激這位好心人。

丁丁和冬冬看完以後，高興得又叫又跳。這時候，他們才真正體會到了「助人是快樂之本」的含義。

「看話」的女孩

小明決定趁着復活節假期到大嶼山探望伯伯。伯伯是一家有名的殘疾兒童學校的校長。

下了船，小明很快就找到了那間綠樹掩映下的學校。他正在張望，就見裏面「咚咚咚」跑出來一位小姑娘，小姑娘很有禮貌地朝小明點點頭，問道：「你好，請問你是小明嗎？」看見小明點頭，她又説：「我叫小虹，是校長叫我來接你的。」小明好奇地望着小虹，只見她走路歡蹦亂跳的，説話口齒伶俐，大眼睛閃着聰穎的光彩，一副健康活潑的樣子。心想，她肯定不是這裏的學生，大概是做義工的。

小虹帶着小明，一路給他介紹，這是教學大樓，那是學生宿舍，小明也好奇地問這問那。小虹又帶小明去參觀一個大花圃，誰知小明一踏進去，就打了個噴嚏，他馬上用手連鼻子帶嘴巴捂上了。

小虹奇怪地問：「你怎麼了？」

小明説：「對不起，我的鼻子對花

粉敏感，一嗅到就會打噴嚏。」

　　小虹好像一點沒聽見，她説：「你捂着嘴巴，我看不見你説什麼。」

　　小明一聽好奇怪，他拿開手，説：「什麼？看……」

　　小虹笑了起來：「我生下來耳朵就聾了，全靠看你的口形判斷你説什麼呢。」

　　小明驚訝地睜大了眼睛，佩服地説：「你真了不起！」

　　小虹自豪地笑了，她説：「在我們學校，了不起的人多着呢！噢，忘了告訴你，今天是我們的校慶日，禮堂裏有文藝表演呢，我帶你去看看。」

　　小虹和小明進去的時候，一個失明的男孩子正在拉二胡。小虹告訴小明，這位同學在去年全國少年音樂大賽中，得過二等獎呢。接着的節目是舞蹈，一羣天真活潑的女孩子隨着輕快的音樂翩翩起舞，誰會想到，她們都是失聰的孩子。小明很奇怪：「音樂可沒法去看，她們是怎樣跟上節拍的？」

　　小虹抿嘴一笑説：「她們是用心去感覺到的。」

　　這時候伯伯來了，他問：「小明，今天大開眼界了吧？想不想去看看孩子們是怎樣刻苦讀書的？」

　　小明感慨地説：「我一定要將這裏每一個感人的故事記下來，回去告訴同學……」

兩個闖禍的少年

到少林寺去

我叫陳小毅，和李志大同在喜詩中學讀中一，又都住在一幢大廈裏，從小玩到大，自然就成了「老友兼死黨」。

説來也巧，我爺爺和李志大的爸爸也同在同一家電器產品公司工作。我爺爺是總經理，李志大爸爸是部門經理，兩人來往甚密。

因為工作關係，李志大爸爸常上我們家來「請示問題」，而我呢，也因為功課關係，常上李志大家「請求答案」。

班裏的同學都説我們是「影子部隊」，説得倒也貼切，的確，我就像是李志大的影子，誰要找我，找到李志大就行。

前不久，學校開辦了各類興趣班，設有音樂組、美術組、武術組等等等等，要文有文要武有武，我和李志大心有靈犀一點通，不約而同選擇了武術班。

也真沒想到，回家一提此事。彼此的一家之主——我爺爺、李志大爸爸竟也心有靈犀一點通，齊齊反對我們學武

術。説平日在家裏上竄下跳的已經夠煩了，再學回什麼「猴拳」、「醉拳」，家裏豈不成了「花果山」？要是學了幾下「三腳貓功夫」就在外面打架鬧事，那就糟上加糟了。那天晚上，李爸爸來找我爺爺一請示，竟「英雄所見略同」，硬要我們參加美術班。

唉，「家長焉知兒女之志」，哀哉！

興趣小組呀興趣小組，現在我們可是一點都「興趣」不起來了！

那天晚上，我和李志大氣呼呼地跑下了樓，跑到我們的「秘密總部」商量對策去了。

我們的總部就在屋苑的休憩公園裏：一塊小草坪中間擺着一張長椅子，小草坪一面是一條僻靜的小路，三面灌木環圍，頭上一棵法國梧桐樹像巨傘一樣遮蔽了天空，是一個十分隱蔽的地方。我和李志大一次捉迷藏時偶然發現了這塊「新大陸」，高興得在草地上滾了十幾分鐘。後來，我們就把這個地方正式命名為「秘密總部」，每逢商量什麼秘密事情時，都必定跑到這兒來。

此刻，我和李志大頭碰頭地躺在長椅子上，兩個人唉聲歎氣的。學武術的念頭是半年前開始萌生的，那次在亞運會上看見中華武術揚威國際，中國運動員奪得多面金牌，把我和李志大看得熱血沸騰，恨不得馬上拜師學藝。這次學校開設武術班，眼看夢想可以成真，誰知讓大人們一盆

冷水潑下來，真是「出師未捷身先死，長使英雄淚滿襟」了。

參加美術班，那簡直是讓我們活受罪呢！要知道，即使是用最先進的 X 光機把我們全身透視一遍，也難找到半個美術細胞！

滿天星斗在一閃一閃的，好像也在困惑地眨着眼睛，為我們的事而感到煩惱。

忽然，李志大靈機一動坐了起來，説：

「有辦法，我們乾脆上嵩山少林寺，拜真正的少林和尚學武藝……」

我聽了也興奮得一骨碌爬了起來：「對呀，我怎麼就

沒想到呢！那裏才是正宗的少林武藝呢！學成回來後，我們就可以參加香港隊，再過幾年，就可以加入國家隊了！」

我越想越興奮，禁不住拉着李志大的手，「耶——，耶——」地大叫起來。

我們盤算了一下，還有一個月就放暑假了，那是上少林寺的最好時機！

李志大想了想，又説：「少林寺不知道離這多遠，如果坐火車去，要不要一天一夜呢？」

我「嘿」了一聲，説：「傻瓜，一天一夜哪夠，我想起碼要五天五夜呢！」

李志大懷疑地説：「五天五夜？真的要那麼長時間？」

我其實也不知要多長時間，只是憑想像而已，但又不想被李志大小看，於是死撐説：「一點都不錯！」

李志大想了想説：「那我們乾脆坐飛機去好了，不過可能飛機票會很貴呢！」

我扳着指算了算，説：「不要緊，離暑假還有兩個月，我們還有時間湊錢。」

李志大説：「好！不過，這是我們兩人的秘密，千萬不要洩露出去，知道嗎？」

我拍拍胸脯説：「這個當然。來，我們來拉個勾！」

我和李志大小指頭勾着小指頭，一邊晃一邊説：

「拉拉勾，拉拉勾，洩露秘密的是臭小狗！」

湊了六百塊錢

這天晚上，我回到家，馬上打了個電話給在旅行社做導遊的表姐：「表姐，去少林寺的飛機票要多少錢？」

表姐在電話那頭笑嘻嘻地說：「傻小子，問來幹什麼？想去少林寺學武呀？」

我嚇了一跳，說：「表姐，誰告訴你的，沒這事！」

表姐笑著說：「沒就沒吧，看你緊張得那個樣，我跟你開玩笑罷了。好吧，我跟你說，飛機票應該是一千多塊吧。」

一千多塊，來回就差不多要三千塊，兩個人加起來是六千塊，天啦，哪有這麼多錢！

記得過年得了兩千多元利市錢，我趕緊打開抽屜找，可是找來找去只找到一把零錢。我急了，大聲喊道：「媽媽，我的利市錢哪去了？」

媽媽說：「你的利市錢？不早花光了嗎？上個月你買了一部六百多塊錢的遊戲機，這個月初，你又買了一部『隨身聽』……」

「啊，我都忘了！」我懊惱地撓撓頭，又仔細地把零錢數了一遍，唉，只有二十五塊錢！

這時候，李志大來了，他神神秘秘地拉著我，跑進我的房間，還關上了門，然後從衣服裏面掏出了一個豬仔錢箱：「快拿張報紙來接著，裏面好像挺多錢呢！」

我興奮地把一張報紙鋪在牀上，李志大把豬仔背後的一道小門一拉，裏面就嘩嘩地掉出了很多錢幣，堆得小山似的。

「太好了，太好了！」我和李志大高興得跳了起來。

於是，我們趴在牀上，一五一十地數了起來。

可是，數來數去，只有二百零九元錢，加上我那二十五塊，合共二百三十四元，離六千塊錢還差老遠呢！唉，真令人洩氣！

得想其他方法籌錢！李志大小聲地對我説：「這裏不方便，到總部去商量！」

媽媽正在廚房裏忙着，見到我們又要出去，就説：「還去哪裏，快吃飯了！」

我説：「爸爸還沒回來呢！我一會就回來。」

我和李志大向休憩公園走去，一路上你一句我一句的，商量了很多籌錢的方法，但想想又覺得行不通。忽然，李志大一個不小心，被一塊靠在樹幹上的木牌絆了一下，差點跌倒。

一個坐在樹旁的伯伯趕緊站了起來，他扶起牌子，又問：「小朋友，沒事吧！」

李志大説：「沒事沒事！」

我看見那牌子上寫了字，便瞟了一眼，只見上面寫的是：收買舊電視機、錄像機、手提電話……我馬上拉着李

志大的袖子，搖着説：「快看！快看！」

李志大一看，馬上喜上眉梢，他一拍腦袋，説：「太好了，我家抽屜裏放着兩部手提電話，一定是爸爸媽媽用舊了不要的，我去拿來賣掉，不就有錢了?!」

我也喜滋滋地説：「我家裏前幾天買了新錄影機，舊的還放在家裏，也可以拿來賣呢！」

李志大説：「那還等什麼？回家去拿呀！」

我大聲應道：「好，馬上去！」

我風風火火地跑回家去。我不敢按門鈴驚動我媽媽，免得她又嘮叨一番，便拿出鑰匙開了門。媽媽在廚房裏正忙着，根本不知道我進去。我四處瞧了瞧，看見牆角有一個方方的紙箱子，打開一看，正是那部舊錄影機。我高興極了，馬上捧起箱子，又悄悄地出了門。

我興沖沖地把箱子捧到大樹下時，李志大也拿着兩部手提電話來了。

那老伯見了我們的「貨」，很爽快地給了我一百塊錢，給了李志大二百五十塊錢。

我和李志大高興得互擊了一下掌，原來賺錢是這麼容易的，這不一下子就幾百塊錢到手了！

我和李志大算了算，連早前湊起來的錢，差不多有六百塊了！

我高興地説：「一天時間就湊了六百塊，成績不錯！

離暑假還有一個月時間，相信湊夠六千塊錢並不難！」

我和李志大歡天喜地的，各自回家吃飯去了。

生命中不能原諒的錯

沒想到，我們闖下大禍了。

一回到家，就看見媽媽爸爸在爺爺的指揮下，正滿屋子轉，東翻翻西找找，好像在找什麼。爸爸一邊找還一邊説：「奇怪，這麼大的一件東西，難道自己長了腳不成？」

我問：「爺爺，你們找什麼呀？」

爺爺説：「找放在牆角的那台錄影機呀！早上還看見過的。對了，小毅，你有沒有看見？」

「有……沒有……」我心裏「咯噔」一下。我努力掩飾着不安的心情，支支吾吾地説。

可是，這又怎可以瞞過爺爺的「法眼」呢！

他瞇着眼睛，盯着我的臉，問：「小子，我看你有古怪，快從實招來！」

我見瞞不過去了，只好説：「我賣給收購舊電器的了，賣了一百塊錢。」

媽媽用她高八度的聲音尖叫了一聲：「我的天！才賣了一百塊錢？這台機是三千多塊錢買的呢！」

我不以為然地説：「我怎麼知道！以前你們買了新電器，不也是把舊的賣掉的嗎？」

爺爺生氣地説：「這事你怎麼不跟大人商量才做呢！這台錄影機才用了兩個月，因為使用簡單，容易操控，所以我另外買了一台新的把它換下來，準備把它捐給附近那間弱能人士庇護中心的。我還答應了人家，明天就送去呢！」

當爺爺正在發怒時，李志大被他爸爸揪着耳朵來了。李爸爸氣急敗壞地説：

「總經理，大事不好，這臭小子把那兩部電話樣機當舊貨賣掉了！」

爺爺大吃一驚：「什麼，就是準備明天帶去跟客人洽談的、牽涉千萬元生意的那兩部最新型號手機？」

李爸爸説：「不就是嘛！你看，這臭小子竟然拿去賣了二百五十塊錢！」

爺爺的臉色顯得比剛才還難看，他瞪着我：「陳小毅，那個收買舊電器的在哪裏？」

每次爺爺特別生氣的時候，就會叫我全名的。記得小學二年級時，我跑到爺爺書房裏玩，誰知一個不小心，把爺爺一個古董端硯打碎了，爺爺當時就是在大叫了一聲「陳小毅」之後，把我一頓好打的。

眼前形勢不妙！我嚇得戰戰兢兢地説：「就……就在休憩公園對面那棵大樹下。」

於是，由爺爺帶頭，媽媽殿後，四個大人「奪路狂奔」，

跑出門去。爺爺臨走還扔下一句：「回來再炮製你們！」

我和李志大苦着臉對望着，看來，我們犯下了生命中不能原諒的錯，這回是「劫數難逃」了！

與其坐以待斃，不如……我和李志大對望了一眼，不約而同地說：「逃！」

得趕快行動，大人們很快會回來的！李志大說：「我馬上回家拿幾件替換衣服，十分鐘後在電梯口集合！」說完，他馬上狂跑回家。

我找到書包，把裏面的東西「嘩」一下全倒在桌上，然後打開電冰箱；把水果呀點心呀一股腦兒地往書包塞。想了想，又走進房間，把我們剛湊起來的六百塊錢揣進口袋裏。

在電梯裏，我問李志大：「我們準備到哪裏去？」

李志大愣了愣，說：「我還沒想好，到總部商量吧！」

走到大門口，護衞員見到我們大包小包的，笑着問：「去宿營嗎？」

「不是！」「是！」糟了，我和李志大竟然說了相反的答案！幸好這時櫃台上的電話響了，趁護衞員接電話的時候，我和李志大趕緊溜出去了。

不一會，我們便躺了在總部的長椅子上。我們愁眉苦臉地望着天，開始討論起前途命運來。

李志大說：「我們只有六百塊錢，可能只夠去深圳

吧！」

我趕緊說：「去深圳？不行，這麼近，大人很容易就找到我們了！要不，去廣州吧！」

李志大不同意：「去廣州？不好不好！廣州地方太大，我們沒大人帶着，會迷路的！」

「那……去我鄉下好不好？我有個叔叔在那裏，他向來很疼愛我，他一定會收留我們的！」

「笨蛋！恐怕我們前腳進屋，你爺爺他們後腳就追來了！疼愛你又怎麼樣，你不知道大人們都是同一個鼻孔出氣的嗎？」

「那也是。要不……」

我們躺在總部裏，前前後後想出十多個去處，但都又被自己忙不迭地推翻了。到後來，我們自己也不得不承認，在潛意識裏，我和李志大都根本不想離開家！

我和李志大再也不發一言，只是悶悶不樂地躺着，心裏充滿着「有家歸不得」的悲愴。天上的星星閃爍不定，好像我們紛亂的心情一樣。我們各自想着心事，不知不覺地進入了夢鄉……

太陽從西邊出來？

天亮之後，我和李志大偷偷摸摸混上了去河南的火車。我們在餐車和廁所之間東躲西藏，躲避着查票員的追逐，

經歷千辛萬苦，終於到達了嵩山。但是，下了火車之後，我們昏頭轉向的，迷路了。

原來以為，一下火車就可以看見那座巍峨的少林寺，看見兩手提着水桶跑上跑下練功的和尚，可是⋯⋯怎麼眼前卻是一個萬頭攢動、鬧哄哄的集市呢！緊接着，看見許多人打扮成各種古代人物在巡遊，又看見一個老婆婆在賣熟番薯。我和李志大肚子餓了，便去買番薯充飢。可是，那個老婆婆突然變了臉，拿出一條繩子來要捆我們，嚇得我們抱着頭沒命地跑。

好不容易擺脫了那個老婆婆，我們走進了一家小食店，要了兩碗麵，狼吞虎嚥地吃起來了。吃完一摸身上，糟，錢包不見了！一定是剛才逃命的時候跑丟了。沒了錢，店主嚷着要把我們送官查辦，幸好，一位長着大鬍子的叔叔路過，幫我們給了麵錢。

大鬍子叔叔說要介紹工作給我們，我們很高興，就跟着他走了。可是，後來才知道，叔叔是要我們扮乞丐，在街邊討錢。我們當然不幹啦！這時候，大鬍子露出了真面目，說我們如果不肯就打我們，原來他是一個黑社會的頭兒。我們沒法，只好屈從了。

我和李志大換上了一身破破爛爛的衣服，臉上故意弄得髒兮兮的，每天可憐巴巴地蹲在街邊討錢。

一天，我看見一個熟悉的身影從面前走過，是媽媽！

我趕緊大喊起來:「媽媽!媽媽!」可是媽媽好像沒聽見似的,一直往前走。我急了,大聲哭起來,一邊哭一邊叫:「媽媽!媽媽!」

「小毅!小毅!你醒醒!」是誰在搖着我的肩膀,我一骨碌爬起來,發現自己躺在休憩公園的長椅子上,原來剛才是做了個惡夢呢!我這才大大地鬆了一口氣。

再一看,糟了!眼前圍了一圈人,有爺爺、爸爸、媽媽,還有李志大的爸爸媽媽,還有⋯⋯還有我們的班主任張老師。我們當俘虜了!

我和李志大撒腿就要溜,卻又雙雙被擒獲,只好「認命」了。李志大縮着脖子,準備吃他爸爸一頓「炒栗子」,我仗着平日深得爺爺寵愛,低頭裝出一副可憐相,希望逃過大難。

沒想到事情出乎我們意料之外。李爸爸向李志大伸出手,卻不是給他「炒栗子」吃,而是輕輕地摸着他的頭,說:「這事我們大人也有責任,我們不該強迫你們做不喜歡做的事情⋯⋯」

爺爺輕輕地為我揩着臉上的一塊髒東西,說:「是呀,你們學武術的願望是好的,我們不該不尊重你們的意願!」

我和李志大弄糊塗了,我抬頭看看天上,是不是太陽從西邊出來了,怎麼他們口氣全變了。

可惜現在是晚上,沒法驗證!

這時候，從爺爺身後走出了我們的班主任張老師，他笑嘻嘻地看着我們，說：「我剛才把情況都向你們家長說了，他們明白了你們參加武術隊是強身健體，所以都表示同意你們參加武術隊了……」

「真的，太好了！」我和李志大都高興得跳了起來。

張老師繼續說：「作為家長，要尊重孩子，但作為子女，也要多些和家長溝通，這樣，家長才明白你們的需要，才會支持你們的抉擇。」

我和李志大拚命點頭，張老師說得有道理，要是我們早點和爺爺他們說清楚，就不會弄出這麼多事了！我慚愧地對爺爺說：「爺爺，是我不好，我以後再也不惹你生氣了。」

李志大也不好意思地對李爸爸說：「爸爸，我以後再也不把家裏的東西拿去賣了！」

忽然，我想起了一件最重要的事情，拉着爺爺的臂膀焦急地問：「爺爺，爺爺，那台錄影機和手提電話找回來了嗎？」

爺爺朝我扮了一下鬼臉，大聲說：「找回來了！」

小奇家最近搬進了新界區。媽媽説，小奇從小身體就不好，新界空氣清新，環境又好，很適合他調理身體。

搬進新居的第二天，天才蒙蒙亮，小奇就起牀了。他給自己定了一個鍛煉計劃，每天早上跑步二十分鐘，一定要把身體練得棒棒的！

時間還早，馬路上的巴士和人行道上的行人還不多，更顯得視野開闊，空氣也格外清新。小奇邁開大步，跑起來了。由於平時缺少鍛煉，小奇跑了一會就氣喘吁吁，跑步的速度也越來越慢。原來跟在他後面的幾位叔叔伯伯很快就超越了他，跑到前面去了。一個伯伯還在「超前」的時候對小奇説了一聲：「小朋友，加油呀！」

可是，小奇卻覺得兩條不爭氣的腿越來越沉重，快要跑不動了。他心裏開始打退堂鼓：算了吧，跑步原來是這麼辛苦的，還是換另一種鍛煉方式吧！

這時候，旁邊單車道上，一陣「咔嚓咔嚓」的聲音由遠而近，一個和小奇

年紀相若的、穿紅衣的女孩騎着單車從小奇身邊經過，她有意無意地望了小奇一眼。

小奇臉紅了，讓一個女孩子看到自己這麼差勁，連老伯伯都跑不過，多丟人啊！小奇鼓起勇氣，努力邁開步子，又跑了一段路。可是跑了不一會，他就再也支持不住了，停下腳步，「呼哧呼哧」地喘着氣。待他回過氣來，再往前看時，那女孩早就連影兒都不見了。

第二天一大早，小奇又去跑步了。他一邊跑一邊想：不知道昨天那個女孩子會不會騎單車經過？這次呀，可不能再讓她笑話了！於是，他鼓足勇氣，跑呀跑呀，不但沒有落在那些叔叔伯伯後面，而且還超過了他們。

但是這時候，疲勞又開始向小奇襲來，一雙腿像灌了鉛似的，他快堅持不下去了。正在這時候，耳邊又響起了「咔嚓咔嚓」的聲音，小奇扭頭一看，哈，正是那個紅衣女孩！她踏着單車，正向自己這邊駛來了。

小奇心想，千萬不能讓她看見自己的窩囊相！他身上又好像有了勁，他只有一個念頭，跑！繼續跑！不能讓她超過自己！他甩開大步，向前跑去。紅衣女孩有意無意地騎得很慢，在小奇身邊亦步亦趨。

過了一會，小奇又開始放慢了，女孩也剛好在此時用力蹬了一下單車，很快地駛走了。小奇停了下來，一邊喘氣一邊想：今天跑的路比昨天長多了，看來不算太「失

禮」！

第三天，第四天，第五天……跑步成了小奇生活中不可缺少的一部分。他每天都碰見那個女孩，都和她展開無聲的競逐，他跑的路程也一天比一天長，終於有一天，小奇發覺自己已經能夠臉不改容氣不喘地跑上很長一段路了。

這是小奇「跑步史」上的第三十五天，這一天，小奇特地穿了一套新買的紅色運動服去跑步。他準備今天去做一件大膽的事，就是男同學們常說的「識女仔」，正式去結識那個女孩子。

又跑到了往常碰到紅衣女孩的地方，但是，小奇卻沒有聽到期待中的「咔嚓咔嚓」的聲音，也沒有見到那個穿紅衣裳的身影。直到跑完步，紅衣女孩都沒有出現。

接着的第二天，第三天，第四天，紅衣女孩好像突然失蹤了一樣，再也沒有出現過。

小奇感到很遺憾。他想，紅衣女孩也許是童話故事裏講的小仙女，專門來人間幫助有需要的人的，現在她已經完成了使命，所以到別的地方執行新使命去了。

也許，紅衣女孩現在正在某個地方看着自己呢，以後要堅持跑步，堅持鍛煉，不要辜負了紅衣女孩的一片好意。

來娣的煩惱

來娣放學回到家時，媽媽正在廚房裏張羅晚飯。來娣扔下書包，就氣急敗壞地大聲對媽媽説：「氣死人了！氣死人了！」

媽媽望了來娣一眼，見她撅着嘴，眼淚汪汪的樣子，不禁驚訝地問道：「在學校發生什麼事了？」

來娣委屈地説：「那些同學囉，人家好好一個英文名不叫，卻偏要叫我做阿水……」

事情原來是這樣的：

來娣一年前還和媽媽住在台灣花蓮的一個小村子裏。她出生時，很想抱個男孫的爺爺希望她將來有個弟弟，就給她起了個名字叫來娣，意思是帶一個弟弟來。來娣漸漸長大，進學校讀書了，就開始覺得自己的名字土氣了。臨來香港定居時，她對媽媽説，想改一個名字，免得被新同學笑話。可是媽媽説：「不行啊，申請去香港的手續是很嚴格的，你爸爸幫你申請時是用陳來娣的名字，要是改名會很麻煩的。」

171

　　沒辦法，來娣只好仍然用舊名字辦理身分證和申請入學。幸好，香港時興起英文名，所以來娣就給自己起了個英文名叫 Water。Water 的中文意思是「水」，來娣希望做個水一般清純的女孩子。

　　真沒想到，那些同學圖個順口，不叫她 Water，卻「阿水」、「阿水」地亂叫起來了。

　　來娣可尷尬啦。在她心目中，阿水這個名字比來娣還要難聽呢！記得在花蓮鄉下時，很多父母都喜歡把自己的孩子叫做阿水，只要你站在村口大喊一聲「阿水」，保證有十幾個土頭土腦的男孩回應你。

　　來娣想起那些一天到晚拖着兩行鼻涕的男孩子，心裏就有點膩煩，天啦，自己怎可以和這些人叫一個名字呢。所以，當同學叫她阿水的時候，她就氣鼓鼓地跑開了，一回到家，就向媽媽訴起苦來。

　　媽媽弄清原因之後，笑着說：「傻孩子，其實一個人土氣與否不在於名字，如果你談吐得體、打扮樸素自然，人家就自然會欣賞你。不過，要是你不想別人叫你阿水，你可以跟他們直接說呀！也許他們根本不知道你不喜歡這樣叫呢。」

　　來娣想了想，媽媽的話也有道理。於是，不再那樣介意了。第二天回到學校，同桌的阿美又追着她叫阿水。來娣說：「別叫我阿水，我還是喜歡別人叫我 Water。」

阿美聽了連忙說：「喲，你怎麼不早說！那我以後就叫你英文名好了。」

　　來娣很開心，沒想到困擾了自己這麼多天的問題，一下子就解決了。

今天，文彬顯得特別神氣，頭昂得高高的，腰挺得直直的，説話的聲音也大大的。咦，他又跟一班同學説開了，聽聽他説什麼？

「我家買轎車了，寶藍色的，跑起來多快呀，嘖嘖！我爸爸説，明天開始，他就用車送我上學……」文彬得意地説着，又神氣地走向另一班同學。

果然，第二天一大早，文彬就坐着爸爸開的小車，「嘟嘟嘟」開到學校門口，文彬就在眾目睽睽之下昂首挺胸走下車來。

文彬神氣了好多天。一天晚上吃完晚飯，媽媽對文彬説：「彬彬，明天開始，你還是自己走路上學吧，好不好？」文彬嚇了一跳，急忙問：「為什麼？」

媽媽説：「你爸工作忙，每晚都工作至十一二點才睡覺，但為了送你上學，他每天一大早又要起牀，太辛苦了！」

文彬是個很孝順的孩子，聽媽媽這麼説，也不再吭聲了，但是，想到明天

沒有私家車坐，再也神氣不起來，又有點垂頭喪氣的。

　　第二天，文彬起牀晚了，早餐也沒顧上吃就跑出門去。從家裏走到學校，有十五分鐘的路呢。文彬正急急地走着，半路上碰見了同班的李亦非，兩人便一起走。

　　走呀走，忽然一輛漂亮的平治房車在他們身邊「嘎」地停了下來，一位叔叔從前座窗口伸出頭來，叫了一聲：「阿非，搭一程車吧，上課時間快到了。」

　　李亦非説：「也好！」説完，拉了文彬一同坐上車去。

　　「呀，這車好漂亮！」文彬在車裏好奇地摸摸這摸摸那，又指指那位叔叔問，「他是誰？」

　　李亦非説：「是我爸爸。」

　　文彬很驚訝：「你家有這麼漂亮的車呀，那你為什麼從不坐車上學呢？那該多神氣呀！」

　　李亦非説：「走路可以鍛煉身體，我都堅持好多年了。再説，坐私家車上學有什麼好神氣的呢？我們是學生，學習成績好才最值得神氣呀。」

　　文彬覺得李亦非的話很對，從此，他每天都高高興興地走路上學。

勇敢的小雪

本來，爸爸說好了這個復活節和媽媽、小雪一起去上海探外婆的，可天公不作美，爸爸公司臨時有事，所以小雪只好和媽媽兩個人去上海了。

出發那天，爸爸把媽媽和小雪一直送到機場，幫着辦好了所有登機手續，然後才離開。入閘時，走在前面的一位阿姨一手提着旅行袋，一手拿着手提電話，守在閘口的機場小姐微笑着說：「小姐，飛機上是不可以打手提電話的，請你把電話收好。」

那位阿姨說：「對不起！」說完馬上把電話關掉，放進旅行袋裏。

小雪問媽媽：「飛機上為什麼不能打手提電話呢？」

媽媽告訴小雪，手提電話使用時發出的訊號，會影響飛機的安全飛行。不久前有個地區飛機失事，造成一百多人傷亡，據說就是有人違反了乘機安全守則，在機上打電話引致的嚴重後果。小雪一邊聽一邊點頭，原來在飛機上打手提電話，會有這麼大的危害呢。

登機後不久，飛機就平穩地起飛了，一片片白雲在窗外掠過，好看極了。小雪很想與坐窗口位的那位叔叔換個座位，好看得清楚些，可是一看見那位叔叔老是板着的臉孔，就不敢開口了。

　　小雪看了一會兒風景，覺得睏了，就閉起了眼睛。忽然，她聽見旁邊發出了很清晰的「嘀嘀」的聲音，睜眼一看，不好了，是那位板着臉孔的叔叔在打電話呢！小雪騰地坐了起來説：「叔叔，飛機上是不能打電話的！」

　　那叔叔惡狠狠地瞪了小雪一眼：「關你什麼事！」説完又繼續撥起電話來。

　　小雪急了。這時候，剛好一位機艙服務員經過，小雪急忙叫住她，告訴她那位叔叔打電話的事。機艙服務員馬上客客氣氣地把那位叔叔請到機務室去了。

　　不一會，那叔叔回來了，原先就板着的臉像罩上了一片烏雲，更加難看，嚇得媽媽把小雪使勁往自己身邊拉，沒想到一不小心，把小雪手裏拿着的汽水碰着了，灑了一點在那叔叔的褲子上。那叔叔馬上借題發揮，兇神惡煞地大罵小雪母女倆，而且捋袖子伸拳頭的，好像要打人的樣子。

　　「你想幹什麼！？」這時候，坐在前排的一位伯伯站了起來，喝住了那位叔叔。接着，許多乘客都紛紛站了起來指責那位叔叔，有兩位像籃球運動員般高大的年輕人還往

那惡叔叔面前一站，保護着小雪母女倆。惡叔叔見到勢頭不對，灰溜溜地坐回了他的位置上。

　　為免得惡叔叔再騷擾小雪母女倆，兩位高個子年輕人還特地和她們互換了位置。那些叔叔阿姨還紛紛稱讚小雪，説她敢於揭發沒有公德心的人，保障了飛機安全，為全體乘客做了一件大好事呢！説得小雪心裏甜滋滋的，就像吃了蜜糖一樣！

誰演花木蘭

　　演藝學院附屬的小百花粵劇學校從來沒有這樣熱鬧過。男同學，女同學，在小花園裏，在走廊上，三五成羣，吱吱喳喳。

　　「你們知道不？這次選拔賽意義大着呢，可以去北京參加全國少年戲曲比賽呀！得了獎，可以拿獎學金到中央戲劇學院深造呢！這回呀，我怎麼也得要博一博了！」

　　「這麼多人才選一個，難啦！」

　　「我可認輸了，不管怎麼努力，我都比不過丹青和吳汀汀。」

　　這最後一句話輕輕飄進一位走過的女孩子的耳膜裏，她抿抿嘴，自信地笑了，好看的臉蛋上兩個小酒窩也隨着跳了幾下。

　　女孩子走出學院門口，突然，「叭叭叭」，一輛「寶馬」小轎車在她身邊戛然而住，還「叭」地按了一下喇叭，把她嚇了一大跳。還沒反應過來，車窗開了，裏面伸出一個頭髮亂糟糟的腦袋，接着是一陣大笑聲。

「哈哈哈！丹青，想什麼呀，那麼入神！」

「壞爸爸，嚇死我了！」丹青嬌嗔地説了一句，就拉開車門，坐了進去。

「坐好！」爸爸瞇着眼睛，把他的「寶馬」開得飛快。一邊還大聲問，「丹青，選拔賽的事準備得怎麼樣了？」

丹青説：

「還用準備嗎？我要唱的是粵劇《搜書院》的《柴房自歎》。這首曲子呀，我都唱得滾瓜爛熟了。」

「你也別太自以為是，學院裏人才濟濟，吳汀汀就是一個很強的競爭對手呢！」

「爸爸，你可別滅自己志氣，長他人威風呀！」丹青用鼻子朝爸爸「哼」了一下表示抗議。

丹青心裏早就有數了。學校裏，演唱技巧能和她比高低的就只有吳汀汀一個。但是，論外形，她比吳汀汀漂亮；論背景，吳汀汀家裏是開報紙攤的，而丹青卻是戲劇世家。而最重要的是，丹青爸爸是香港粵劇界的著名導演，演藝學院的名譽副院長，而且還是這次選拔賽的評判之一。你説，哪有爸爸不幫女兒的呢！丹青早就吃了定心丸了。

選拔賽在演藝學院新星劇院舉行，粵劇學校的同學全都來了，他們都顯得很忙碌，老是伸長脖子朝前面看，因為香港粵劇界的許多演員、名導演都來了，黑壓壓坐了幾排。那可是平常難得一見的偶像呀！直到劇院燈光暗了下

來，司儀宣布比賽開始，同學們才安靜下來。

　　二十名在初賽中突圍而出的參賽者一個接一個上台表演，他們年輕俊俏的扮相，字正腔圓的唱腔，令到台下那幫大老倌大為驚訝，暗喜後繼有人了。

　　丹青和吳汀汀果然與眾不同，一唱一詠，一招一式，都顯示出令人觸目的藝術才華，令到台下觀眾都快把手拍爛了。

　　選拔賽進行了兩個小時，除了坐在最前排的那五位評判一直沒有忘記自己的職責，一邊欣賞，一邊記下對參賽者的評價之外，其他人都完全忘我地沉浸在藝術享受之中。

選拔賽後，所有同學和那些來觀看表演的名演員、名導演都走了，只留下五位評判。他們開始了緊張的評議，審核每名參賽者的表現，從中選出佼佼者。

最後，只篩剩下丹青和吳汀汀兩個人。

太難選擇了，兩個人都表現得那麼優秀！究竟派誰去北京好呢？

眾人的傾向漸漸明朗，最後，除了丹青爸爸王導演之外的四個人都表了態，兩個人贊成選丹青，兩個人贊成選吳汀汀，所以王導演的意見就變得特別關鍵了。

這時候，評判之一的朱阿姨從會議室出來聽電話，見到丹青在外面探頭探腦的，就對她説：

「丹青，會議開完以後，我們和你爸爸還要到機場接一個內地來的劇團，你先回去吧！」

「唔，知道了！」丹青走了兩步，又停了下來，欲言又止。

朱阿姨猜到她想知道什麼，便笑着説：

「放心吧，你跑不掉的。現在兩票對兩票，只要你爸爸再投你一票，你就篤定的了。」

丹青是個聰明的孩子，聽到朱阿姨這般説，歡叫了一聲，便以百米衝刺的速度跑回家。

媽媽一開門，丹青就撲到她懷裏，大聲嚷着：「媽媽，我選上了！我選上了！被選上去北京參加比賽了！」

媽媽早就等女兒這句話了，她高興地捧着女兒的臉，吻了一下：

「我的丹青真了不起！」

丹青雀躍地説：

「好啦，我要去收拾行李啦！」

她興致勃勃地把所有抽屜都打開，把一些日用品呀，衣服呀，一樣一樣拿了出來，又一樣一樣地放進一個旅行袋裏。

媽媽笑着説：

「離去北京的日子還有好多天呢，這麼快就收拾行李啦！」

丹青數數日子，説：

「就五天嘛，收拾好就差不多了。」

「這小丫頭！」媽媽笑着用指頭戳了丹青一下，又説，「好，那你就好好收拾吧，我馬上烘一個你最愛吃的芝士蛋糕。等一下爸爸回來，我們一起切蛋糕給你慶祝。」

「好呀！謝謝媽媽！」這回是丹青捧着媽媽的臉，吻了媽媽一下。

快十點了，蛋糕做好了，丹青的行李也收拾好了，可是爸爸還沒有回來。媽媽看看在沙發上打瞌睡的丹青，就説：

「丹青，你先去睡吧，明天晚上再慶祝好了。」

丹青快快地跑到窗口，又朝大街上張望了一陣子，才無可奈何地上牀睡了。

怎麼也睡不着。丹青只好學着書上的催眠大法，數起綿羊來。大草原，小綿羊，雪白雪白，跑呀跑，一二三，四五六……

她慢慢地睡着了。睡夢中，她騎到了小綿羊背上，小綿羊背着她跑。跑呀跑，小綿羊變成了個高頭大馬，丹青騎着馬在草原上馳騁，她手上捧了個大獎盃。而那無數的小綿羊就變成了成千上萬的人，在向丹青歡呼。

「砰！」外面一下關門聲，聲音雖然不大，但還是把丹青從好夢中驚醒了。

丹青揉揉眼睛，伸手拿起牀頭櫃上的小鬧鐘一看，咦，不偏不倚正指着十二點！

這時候，她聽見了爸爸媽媽在客廳說話。

「怎麼搞的，不是丹青去？」媽媽好像很激動，「不是說兩票對兩票，只剩下你一票的嗎？一定是你投了吳汀汀一票！你怎麼就不替女兒着想，她希望落空，有多難過呀！」

爸爸說：

「作為評判，一定得公正，我覺得吳汀汀比丹青合適，所以才有這樣的決定！」

丹青愣住了，手一鬆，鬧鐘掉到地上。

外面的説話聲停住了，接着，爸爸媽媽跑了進來。

丹青呆呆地望着爸爸，小聲説：

「爸爸，真的嗎，真是選了吳汀汀嗎？」

爸爸坐到牀上，摟着丹青的肩膊，説：「丹青，你聽爸爸説……」

「我不聽！我不聽！」丹青一邊大聲嚷着，一邊發瘋似地拉開旅行袋，把裏面的東西一把一把地抓出來，扔到地上。接着，又伏在牀上，大哭起來。

媽媽悄悄地走過來，撫弄着丹青的頭髮：「丹青，別哭，別哭啊！」

丹青不管，只是放聲地哭、哭、哭，哭得天昏地暗。

爸爸媽媽沒作聲，只是站在一旁，默默地看着女兒。丹青哭夠了，哭累了，她小聲嗚咽着，挺可憐的。

爸爸撥弄着她的頭髮，小聲説了一句，「丹青，對不起！」

爸爸繼續用粗大的指頭撥弄着丹青的辮子，一邊説：「丹青，爸爸下這個決定也不容易。在我的天秤上，你和吳汀汀一樣優秀，説真的我實在難以選擇，所以我只能考慮其他因素。考慮來考慮去，我覺得吳汀汀比你更需要這個機會。吳汀汀的爸爸早死，是她媽媽一手照顧她長大的。她們家裏很窮，但為了完成女兒學戲的心願，她媽媽節衣縮食，花錢給吳汀汀請老師學唱腔、練舞蹈，又將她送入

演藝學院深造。對吳汀汀來說，這次的機會很重要，如果得了獎，就可以拿獎學金到中央戲劇學院深造，這樣不但汀汀有了一個更好的學習機會，還可以免去那筆數目不菲的學費……」

嗚咽聲漸漸停住了，丹青抬起頭，用充滿淚水的眼睛看着爸爸，聽爸爸講吳汀汀的故事。

「丹青，你小時候不是最喜歡聽小美人魚的故事嗎？那美人魚公主多麼善良多麼高尚，寧願自己化作泡沫，也要成全別人，丹青，你願意把機會讓給吳汀汀嗎？」

丹青看着爸爸，用力地點了點頭。

不久之後，吳汀汀出發去北京了，臨走前，同學們把一張寫滿鼓勵話語的心意卡交給她，上面也有丹青寫的贈言呢，她寫的是——汀汀，努力，加油！捧個大獎盃回來！

吳汀汀果然不負眾望，得了個亞軍。在高手如雲的全國大賽中得了亞軍，可真是非常的不容易。香港整個戲劇界都轟動了，吳汀汀變得很忙，電視台、報紙排着隊採訪，但吳汀汀除了接受過幾次採訪之後，其他都拒絕了，她說要用多些時間準備功課，準備半年後去北京讀書。

丹青着實為吳汀汀高興，但又免不了眼饞，有一晚還在被裏哭了一回呢！可是，她並沒有埋怨爸爸不讓她去，她覺得爸爸做得很對。學院給吳汀汀搞的慶功會上，丹青還上台給吳汀汀獻了一束玫瑰花呢！當時汀汀感動地摟住

丹青不放，不知怎的兩個人都哭起來了。誰也不知道她們哭什麼，只有丹青爸爸心裏明白。

一天晚上，爸爸在學院開會研究工作，快十一點了還沒有回來。丹青做完功課玩了一會遊戲機，見爸爸還沒回來，就跟媽媽說了聲「晚安」，上牀睡覺了。

正朦朧間，聽見爸爸回來了，和媽媽說着話。

「怎麼這麼晚呢？」

「快下班的時候接到中國文化部的一份文件，邀請演藝學院派代表隊去參加今年的全國戲劇匯演。因為時間很緊，所以院方馬上叫我們幾個人開會，商量參賽劇目及人選。院方指定我做導演呢！」

「全國戲劇匯演，好像是五年才進行一次的呢，那可是一次盛會呀！」媽媽說，「準備上哪台戲？」

爸爸說：「花木蘭。」

「咦，好戲呀！女角的戲份很重，準備讓誰演呀？」媽媽不等爸爸回答，又說，「嘿，我問都是多餘的，吳汀汀剛拿了個大獎回來，肯定是她啦！」

丹青聽到這裏，輕輕歎了一口氣，翻了個身，睡了。

第二天一早，丹青起牀的時候，爸爸已經先開車上班去了。丹青想，看爸爸忙碌的樣子，參加匯演的事可能真是迫在眉睫呢！

沒坐上爸爸的車子，丹青提早出門，但回到學校還是

比平日晚了一點，只見許多同學已經到了，在那兒三五成羣，吱吱喳喳。

「喂，又到拗手勁的時候了。聽説學校要組織一台戲，參加兩個月以後舉行的全國戲劇匯演呢！」

「這次肯定又是吳汀汀和王丹青之爭啦！」

「丹青爭得過吳汀汀嗎？人家剛捧了個大獎盃回來……」

「是呀是呀，我看肯定是吳汀汀去。」

「聽説校方安排丹青的爸爸當導演呢，爸爸哪有不幫女兒的！」

「那你就大錯特錯了。上次選拔賽，聽説就是王導演一力支持吳汀汀的，他絕對不會徇私的呢！」

這些話又輕輕飄到了丹青的耳膜，她低着頭，匆匆地走了過去。

吳汀汀擔任女主角，似乎是不爭的事實了，全校同學這樣認為，丹青也這樣認為。

可是第二天，事情卻來了個戲劇性的變化。王導演堅決反對吳汀汀當女主角，而他力薦的人竟然是自己的女兒——丹青。

一時間全校學生嘩然，沒想到一向被認為公正無私的王導演也徇私起來了。丹青不相信爸爸會這樣做，她砰砰砰跑到辦公室找爸爸，希望問個明白。

辦公室的門緊閉着，丹青走到窗口，往裏一瞧，見到幾個人圍在一起，好像商量什麼事情。咦，那個站了起來激動地説話的不正是爸爸嗎！只見他揮着胳膊，粗聲粗氣地説：

　　「……我還是堅持要丹青當女主角，要不，你們就另請高明，我這個導演也不當了。」

　　丹青的臉唰地一下子紅了，爸爸呀爸爸，你到底搞什麼名堂，你這樣做，讓女兒多難堪！

　　又看到校長按着爸爸的肩膀讓他坐下去，劉校長説：

　　「你聽我説！汀汀剛剛獲了獎，在國內戲劇界的前輩那裏留下了好印象，由她挑大樑，對我們這台戲能否獲獎起關鍵作用。這次用新人，已經冒了一定風險……」

　　爸爸打斷了劉校長的話，説：

　　「派吳汀汀去更冒風險！我是她的老師，我比你更了解她們。女主角按劇情需要得女扮男裝，吳汀汀的表演太柔，舉手投足，聲線唱腔，都脫不開女兒家的模樣，軟手軟腳的非演砸不可。而丹青則沒有這方面的不足，上次演折子戲她曾反串演少年岳飛，我覺得就挺不錯……」

　　爸爸講得似乎有點道理，但是「瓜田李下」，讓人家在背後議論「丹青這個角色是她爸爸搶來的」，那多不好。

　　丹青情急之下想到了一個主意，她趕快跑回家，收拾了幾件衣服，就躲到了姑媽家。

不久，全國戲劇匯演如期舉行了，香港代表隊演出的粵劇《花木蘭》獲得了很高的評價，尤其是戲裏的女主角，柔中帶剛，唱做俱佳，令觀眾為之驚歎。比賽結果，《花木蘭》獲得了極高的殊榮，竟與一個國家級劇團並列第一名。而那位飾演花木蘭的年紀輕輕的女主角，也得了「最受歡迎女主角」獎。你們猜猜，那位擔任女主角的演員是誰？

吳汀汀？錯了，是王丹青。

咦，怎麼回事？

原來，吳汀汀從王導演那裏拿到了丹青姑媽的地址，千方百計找到了丹青。汀汀誠懇地說：「王導演說得對，不合適的角色不但是糟蹋藝術，也是糟蹋自己。丹青，你就當是幫我的忙，幫學院的忙，接演花木蘭這個角色吧！」

吳汀汀的話令丹青很感動，她點了點頭，答應了。

丹青從北京回來那天，爸爸媽媽，吳汀汀，還有幾位要好的同學都到機場接她。丹青捧着個獎盃，小臉兒紅紅地湊近爸爸耳邊，悄悄地說：「爸爸，為什麼你總是對的？」

奇幻專區

名家導讀

奇幻又溫馨的十個好故事　宋詒瑞

　　馬翠蘿是一位勤奮的兒童文學作家，在繁忙的編輯工作之餘筆耕不輟，寫下了不少精彩的篇章，這些童話、故事深受青少年歡迎，為什麼？因為作品浸潤了她對小讀者的一顆愛心，貼近現實、想像豐富、情節曲折、文字優美，所以孩子們愛讀。這一輯的十篇奇幻故事就是好例子。

　　小孩子愛吃零食，吃得消化不良；一些孩子被怪獸家長寵成了小霸王，凡事以自我為中心；一些孩子只愛聽好話不愛批評……這些不都是生活中常見的嗎？作者巧妙地運用了神話技巧讓這些孩子受到了教訓——「點吃術」雖然滿足了口慾，卻吃脹了肚子，還把書本吃掉了！「大胃王」從此不敢貪吃；小霸王用孫悟空的定身法把阻礙他的父母老師同學都定住，但失去了無窮的樂趣和愛，醒悟後才變乖；愛聽好話的平平吃足了說好話的苦頭才知返。這些故事反映生活，又是充滿奇幻的想像，令人拍案叫絕！

　　故事中的情節設計得曲折有趣，但卻發展自然，富說服力。參加婚禮的動物們不信小豬預告洪水來臨，小

豬急中生智背起新娘往山上跑，引得動物們追逐而上，避過一劫，也扭轉了「豬又蠢又懶」的常觀。沉迷打機的基米在遊戲機王國裏目睹孩子被魔王迫害的悲慘境遇，才奮起反抗魔王，解救了大家和自己。這些情節鋪陳自然，合情合理，結局是理所當然。

《難忘的新朋友》寫得十分溫馨，新來的擺設小象肥皂為大家表演，不慎掉入魚缸卻化為無數彩色繽紛的小泡泡，大家為小象的消失而惋惜，「從那時起就都學會了歎氣，唉，唉」。小象永遠留在小擺設們的心裏。再如，捨己救人的小棒子死後還化為大樹為迷路人指路；充氣娃娃跌進浴缸，眾小擺設爭先恐後來設法拯救⋯⋯這些都是飽浸愛心的描述。

故事中講到小擺設們用槓杆原理開水龍頭，使浴缸裝滿水救出娃娃；説到花朵內的花青素使花朵變色的科學原理，是向小讀者介紹了常用的科學知識，用心良苦。

作者所用語言文字活潑生動，富有童趣，又用多個反問句，引起小讀者閱讀的好奇心。人物角色描寫得鮮明有個性：爽朗多嘴的充氣娃娃、機靈的小瓷鼠、善心的小象都給讀者留下深刻印象。

宋詒瑞

兒童文學作家，資深普通話導師，香港兒童文藝協會顧問及名譽會長，已出版各種兒童讀物及語文知識輔導書一百餘本，作品屢次獲獎。

大胃王的「點吃術」

有個小男孩叫大衛，他有一張特別的嘴巴。咦，怎麼個特別法，難道他的嘴巴是長在額頭上，或者腦後面？不是不是，大衛的嘴巴是特別能吃。小時候，大衛跟外婆住，這外婆是世界上最好的外婆，她最疼大衛了。反正，大衛每天一睜眼，準能發現枕頭邊一大堆好吃的東西。於是，大衛爬起來，臉也不洗，口也不漱，吃完蛋糕吃薯片，吃完薯片吃蘋果，吃完蘋果吃蛋糕，吃完雪糕吃……嘿，多得我都記不清了。後來，小朋友們都叫他「大胃王」。

可惜，好景不長。大衛到了讀小學的年齡，要回到爸爸媽媽身邊了。媽媽是個兒科醫生，最反對小孩子吃零食，就把大衛的嘴巴給管制起來了。

這下，可把大衛給憋壞啦！

一天晚上，大衛一個人在家做作業，寫着寫着，又害起饞病來了，這數學題上的「○」太像一個漢堡包了；這「一」字多像一根薯條；這圖畫上的雞腿看上去很好吃……這時候，隔壁是

誰打開了收音機，一個阿姨用好聽的聲音在講童話故事：「……神仙教會了他點金術，他的手摸到任何東西，都變成了金的……」

大衛豎起耳朵，聽得入神，他想：要是我會點吃術就好了，那時候，我的手每摸一樣東西，都變成了食物……大衛情不自禁地用手去摸摸那個「○」。

「嘟嘟嘟」，呀，一個漢堡包從書本裏升了出來，大衛連忙一把抓在手裏。再瞧瞧，哈，數學題上那個「○」不見了，只剩下一個黑窟窿。

大衛高興極了，他用手一摸數學書，數學書變成了一塊方形薄餅，他用手摸鉛筆，鉛筆變成了一根油條；他用手一摸尺子，尺子變成了一條巧克力。

大衛開心極了，他張大嘴巴把食物送進去，吃完漢堡包吃薄餅，吃完薄餅吃油條，吃完油條吃巧克力……吃呀吃呀，吃得小肚子脹鼓鼓的，再也裝不下了，他才心滿意足地躺了下來，想着明天怎樣去向同學們炫耀自己神奇的「點吃術」。

大掛鐘響了八下，該做作業了，糟糕，數學書哪去了？大衛找呀找呀，連桌子、椅子底下都找了幾遍，也沒找到。想了半天才記起來，數學書已變成薄餅吃進肚子裏了。大衛發愁了，明天怎麼交作業呢？他突然靈機一動，決定去向隔壁的同學阿強借。阿強剛剛做完作業，正在收拾東西，

見大衛來借數學書，很奇怪：「你自己的書呢？」大衛不知如何回答，紅着臉，結結巴巴地說：「給我吃、吃……」

「什麼！吃……」阿強大吃一驚。

大衛趕緊拿過阿強手上的數學書，逃也似的急急跑回家。時間不早了，得趕快做作業，可是等他坐下來，想翻開手裏的數學書時，卻嚇得目瞪口呆，原來，阿強的數學書已變成了一塊薄餅。大衛氣得把薄餅扔在地上，狠狠一腳踢得老遠。沒法子，只好又跑去問樓上的阿芳借書了。

阿芳什麼也沒問，就把數學書遞過來了。大衛剛想伸出手去又馬上縮了回來，不行，要是又變成薄餅怎麼辦。他突然伸長脖子，用嘴將書本咬住就往回跑，這把阿芳嚇了一大跳。

大衛滿頭大汗跑回家，把數學書放在桌上，這時候，大掛鐘已經敲了十下，都十點了。大衛急得要死，趕快用舌頭舔開課本，可是怎麼拿鉛筆呀，唉，萬一又變成油條就慘了。大衛只好用腳趾夾着筆，可是怎麼也夾不穩，他無可奈何，一屁股坐在地上哇哇大哭，邊哭邊把手往地上打「都怨你，都怨你！」

「大衛、大衛，你醒醒！」是媽媽那溫柔的聲音。

大衛嚇了一跳，擦擦眼睛，突然恐懼地把手放到後面：「媽媽，別碰我，你會變成薄餅的。」

「什麼薄餅呀？看你睡得迷迷糊糊的。」媽媽微笑着

説。

　大衛看看桌上，咦，自己的課本，還有鉛筆，尺子全都好好的。他不好意思地摟住媽媽，講了剛才的夢。最後湊近媽媽的耳朵，像蚊子般小聲地説：「媽媽，我今後再也不貪吃，不做大胃王了。」

寶貝兒和他的定身法

　　寶培義是個獨生子，家裏人都把他嬌縱得不得了，可以講是頂在頭上怕曬着了，含在嘴裏又怕溶化掉。都讀小四了，還常常要爸爸趴在地上給他當馬騎哩。後來，同學們就乾脆叫他「寶貝兒」。

　　可是，寶貝兒也有不順心的時候。學校操場上有一架鞦韆，同學們都排着隊輪流玩，但寶貝兒總是跑到前面抓住鞦韆就上，結果所有人都指責他，還被教師罰一個星期不准玩鞦韆。

　　最使寶貝兒不滿的還是在圖書室。寶貝兒是個小書迷，可學校裏偏偏小書迷那麼多，一到借書時間，借書櫃台前就擠滿了人，寶貝兒一來就拚命擠到前面，指着書架大聲叫：「我要，我要那本！」可那大眼睛的管理員姐姐總是嚴厲地對他説：「去，去，排隊。」

　　唉，真倒霉，要是人人都像爸爸媽媽那樣處處順着自己就好了。

　　一天，寶貝兒拿着那本心愛的漫畫書《大鬧天宮》邊走邊看，嘻嘻，真好

玩，孫悟空用手一指，説聲：「定」，那些妖精就一動也不能動了。他想，要是我也會定身法就好了。

「喂，小朋友！」忽然，一個穿着虎皮裙、手拿金箍棒的猴子出現在寶貝兒面前，媽呀，不正是大鬧天宮的孫悟空嗎？

「小朋友，過來。」孫悟空眨着眼，向寶貝兒招手，「你想學定身法嗎？來，我教你。」

寶貝兒認為是做夢，用手捏捏臉蛋，痛呢，是真的。他高興極了，扯着孫悟空的虎皮裙直搖晃：「悟空哥哥，教我，教我！」

孫悟空拔了幾根毫毛，放在嘴裏嚼了幾下，「噗」地向寶貝兒手掌上吹去：「嘻嘻，得了，往後你想把誰定住，只須用手一指就行了。」説完，就把身子一晃，沒蹤影了。

寶貝兒半信半疑，一抬頭，見一隻小鳥在樹上蹦着叫着，便伸手向牠一指。馬上，鳥聲嘎然而止，小鳥一動不動地蹲在樹枝上，就像實驗室裏的標本。寶貝兒高興死了，以後有誰不順從我，我就朝他那麼一指……

第二天，寶貝兒起牀晚了，連早餐也顧不得吃，就匆匆上學去。媽媽捧着杯牛奶，爸爸拿着個漢堡包，非要他吃了才走。寶貝兒急了，就抬手一指，哈，兩個人馬上變了兩座泥塑，定在那裏了。寶貝兒顧不得樂，緊走慢走趕回學校去。

　　寶貝兒趕回學校，奇怪，課室裏沒幾個人，原來他看錯鐘了，離上課時間還早着呢！寶貝兒放下書包，便跑到操場上玩鞦韆，他不顧有十幾個人在排隊，跑過去又要先玩。

　　「搗亂分子！」「屢教不改！」排隊的同學都氣極了，有的還準備去叫老師來。寶貝兒急了，慌忙用手一指，把所有人全定住了，於是，寶貝兒爬上鞦韆，玩了個夠。

　　上課了，寶貝兒人在課堂，心思早飛到圖書室，恨不得馬上跑去借書看。他悄悄看了老師一眼，老師眼鏡片後面的眼睛正盯着自己，乾脆──寶貝兒想到這裏，伸手向老師和同學們一指，就頭也不回地跑出了課室。

　　圖書室靜悄悄的，大眼睛姐姐一個人在整理圖書。寶貝兒怕她囉嗦自己，便不由分說地用手一指，將她定住了。哈哈，太開心了！寶貝兒跑到書架前翻翻這本，看看那本，可是不一會，他便沒興趣了。往日多熱鬧啊，他和同學坐在一起，議論着書上的人物誰是忠的誰是奸的，誰最厲害，現在一個人冷冷清清的，真沒意思。還有，那本最想看的周刊怎麼也找不到，要是找大眼睛姐姐幫忙，就能馬上找到了。寶貝兒悶悶不樂地離開了圖書室，回家去了。

　　遠遠看見爸爸媽媽站在家門口，寶貝兒緊跑幾步，像往常一樣扎進媽媽懷裏撒嬌，「碰！」寶貝兒的頭好像碰到石頭上，馬上起了個大包。寶貝兒摸着腦袋，跑到爸爸

身邊哭訴，往常要是不小心碰痛了哪裏，爸爸都會馬上給他揉，但眼前的爸爸一動不動，無動於衷。

「媽媽呀，爸爸呀。」寶貝兒傷心地哭了。今後誰來給自己做好吃的，買好玩的呢？他又想起學校裏的老師和同學，還有「大眼睛」姐姐，就哭得更厲害了。今後，自己再也沒有爸爸媽媽，沒有老師和同學了，即使鞦韆全讓自己玩，圖書全讓自己看，又有什麼意思呢？寶貝兒一邊哭一邊想起以前自己許多做得不對的地方。

「撲！」半空中落下一個人，正是孫悟空。寶貝兒慌忙上前懇求説：「悟空哥哥，快救救我爸爸媽媽，救救老師和同學們吧！」

「嘻嘻，別急，老孫正為此事而來。」孫悟空眨眨眼睛，「我以為你是個乖孩子，才把定身法教你，沒想到……」

「悟空哥哥，我以後再也不任性，不當小霸王了。」

「知錯就好。好吧，我告訴你怎樣解除定身法。」

故事的結尾我不說你也會猜到，寶貝兒的爸爸媽媽、老師同學都回復了原來的樣子。而寶貝兒呢，也變乖了。

小豬也聰明

今天，高大威武的大象國王要跟嬌小玲瓏的狐狸小姐結婚啦！動物王國裏所有的公民都喜氣洋洋的，前往王宮參加這場世紀婚禮。

只有豬先生一家沒有被邀請。在這裏，豬一向被認為又懶又蠢又貪吃，被其他動物看不起，也沒有誰願意跟他們交朋友。其實呀，社會進化到了今天，連豬也會聰明起來的，可是動物王國的公民卻一點兒也不明白這個道理，仍然瞧不起豬，甚至吵架的時候，也要罵對方一聲「蠢得像豬一樣」。唉，真是太不公平了！

豬先生有一位很能幹的豬太太，還有一個很可愛的叫做「白白豬」的豬兒子，他們不管別的動物怎麼看，照樣很幸福地生活着。一家豬互相關心，互相愛護，日子過得十分快樂。

這天，儘管左鄰右里都到王宮去了，到處冷冷清清的，他們也不受影響，照樣開開心心地做自己該做的事。豬先生到河邊去釣魚，準備回家做一頓豐盛

午餐;豬太太在家裏做家務,把房子打掃得乾乾淨淨;白白豬呢,就乖乖地在屋裏做功課。

過了一會兒,豬先生匆匆忙忙地回來了,他一臉驚慌地對豬太太和白白豬説:「不得了啦!剛才在河邊釣魚,發現水流情況異常,估計洪水半個小時以後就要淹到這裏來了!」

白白豬嚇了一跳,他知道爸爸平時很喜歡讀書,知識廣博,他説的話錯不了!

豬太太慌張地説:「那我們趕快上山去躲避吧!」

豬先生説:「大象國王他們一定不知道危險正在逼近。我們不能光顧自己逃命,得去通知他們!」

白白豬一聽馬上説:「我跑得快,我去告訴他們吧!你們先上山好了!」

白白豬沒等爸爸媽媽答應,轉身就跑。身後傳來豬先生豬太太着急的聲音:「兒子,你小心啊!」

「嗯,知道了!」

白白豬拚命地跑啊跑啊,跑到王宮時,已經上氣不接下氣了。這時,大象國王正用鼻子摟着狐狸小姐的腰,在翩翩起舞。

大象國王見到白白豬,很不高興,用鼻子哼了一聲,説:「小蠢豬,我又沒請你,你來幹什麼?」

白白豬説:「我爸爸説,洪水很快就會淹到這裏來了,

他請你們趕快上山去！」

大象國王仰面大笑：「哈哈！哈哈哈！你們一家都是大蠢豬小蠢豬，懂得什麼？分明是故意來搗亂！快給我滾開，要不，我會對你不客氣！」

其他的動物也一齊起鬨：「走吧，小蠢豬！」

白白豬急得快哭了：「你們一定要聽我爸爸的話，再不走，你們就沒命了！」

「別再在這裏胡說八道了，快滾！」大象國王對站在一邊的狼兵虎將下命令，「快把這小蠢豬趕出去！」

白白豬急了，他跑到新娘子狐狸小姐身邊，把她背起就跑。

新娘子被搶，這還了得！「追啊！」大象國王帶頭，全體動物緊跟，大家都想趕快追上白白豬，把新娘子救回來。

白白豬背着新娘子，不顧一切地往山上奔，他的雙腳好像裝上了輪子一樣，快得連自己都吃驚。跑啊跑啊，一直跑到山頂才停了下來。他把新娘子一扔，躺在地上，呼哧呼哧地喘着氣。

大象國王追上來了，他扶起新娘子，又氣呼呼地大叫：「快把這小蠢豬綁起來！」

誰知話音未落，就聽得悶雷似的聲音由遠而近，原來洪水真的沖來了！挾着嚇人的巨響，捲走所有樹木、房屋，

眨眼間，動物王國變成一片汪洋大海。

看着山下被洪水淹沒的家園，大象國王呆住了，所有的動物也呆住了。這時候，他們才明白豬先生的話是多麼千真萬確，才知道白白豬搶走新娘子的良苦用心。

至於大家怎樣感謝白白豬一家的救命之恩，這裏就不一一說了。反正，從此之後，豬成了聰明的象徵，如果大象國王要讚揚誰，只要送上一句：「聰明得像豬一樣」，就是最高的獎賞。

阿哼的蚊子

小豬阿哼上有五個姊姊，下有五個妹妹，豬爸爸豬媽媽重男輕女，把阿哼寵上了天，頂在頭上怕曬着，含在嘴裏怕化了；姊姊妹妹們只有阿哼一個兄弟，也事事讓着他、順着他。

阿哼被家裏人寵壞了，刁蠻任性、搗蛋霸道，認為自己天下第一。

這天，阿哼吃完早飯，拍拍圓鼓鼓的小肚子，走到河邊散步。河水裏映出了一隻昂首挺胸的胖小豬，阿哼左照照，右照照，覺得自己帥極了，也神氣極了。

阿哼伸長脖子喝了一口水，喲，真甜！阿哼剛想再喝，忽然聽見一陣笑聲，原來，不遠處也有一羣小豬在喝水哩！阿哼大怒，這麼清甜的水，只有我阿哼配喝，你們這些無知的小蠢豬，也敢來喝我的水！

「這水是我的，我的！你們快滾開、滾開！」阿哼又跳又叫，喝令小豬們趕快離開，小豬們見到阿哼那副兇樣子，嚇得一窩蜂跑走了。

大獲全勝的阿哼懶洋洋地躺在河邊，暖暖的陽光照在身上，舒服極了。這時，阿哼突然發現，自己那五個姊姊和五個妹妹，也在河邊曬太陽哩。阿哼很生氣，這麼好的陽光，只有我阿哼配享受，你們這些笨蛋，也敢來曬我的太陽！

於是，阿哼跑到姊妹們面前，兇巴巴地說：「這陽光是我的，我的！你們快走，快走！」姊妹們不敢反抗，一個個低着頭，委委屈屈地離開了。

阿哼獨個兒躺在河邊的草地上，望着藍天白雲，哼着兒童歌曲，心裏好舒暢，覺得這天底下的一切東西都是屬於自己的。

阿哼迷迷糊糊地睡着了。忽然，背上好像被針狠狠地刺了一下，媽呀，疼死我了！阿哼趕快睜開眼睛，天啊，十幾隻蚊子正圍着自己轉！阿哼剛要伸手趕蚊子，卻聽見不遠處豬婆婆在罵：「該死的蚊子，咬得我好痛！」

阿哼一聽很不高興，這裏所有的東西都是屬於我的，你豬婆婆也配給我的蚊子咬嗎？他氣呼呼地站起來，朝豬婆婆大聲喊道：「這蚊子是我的，我的！你快走開，快走開！」

豬婆婆聽了很生氣，說：「好一個不知天高地厚的豬小子！好吧，就把蚊子全給你好了。」

蚊子們聽了很高興，以前，他們一出現就被追殺，沒

想到現在有隻小豬這麼喜歡他們。於是，他們把這個喜訊傳了出去，老蚊告訴大蚊，大蚊告訴小蚊，大大小小的蚊子全跑來了，把阿哼叮得像個大蜂巢似的。阿哼身上又癢又痛，熱情的蚊子揮也揮不走，趕也趕不去，他只好哭叫着跑回家去。

　　姊妹們和一班豬朋豬友正在家門口玩遊戲，見到阿哼被蚊子咬，都跑來幫着驅趕。當蚊子全部被趕走之後，可憐的阿哼早被叮得滿頭大包了。

　　足足半個月，阿哼才敢出來見豬。從此，阿哼再也不敢霸道了。

這是一個快樂的小集體，山上的小兔小鹿，海裏的金魚銀蝦，鄉村的小豬小鴨，大都市的漂亮娃娃，還有貓呀老鼠呀，都聚到一起來了。奇怪嗎？一點都不奇怪，它們都是小五學生小帆家裏的小擺設。

可是有一天，它們鬧起矛盾來了，一個個嘟着嘴，氣呼呼的。原來，它們在為誰最聰明、最有學問而爭得天翻地覆哩。

客廳裏的小擺設就數充氣娃娃嗓門最高：「就是嘛，我們在客廳裏天天看電視，什麼新鮮事不知道？什麼電視節目沒看過？我們當然最聰明，最有學問。」

書房裏的小擺設不服氣，小貓「瞄瞄」叫了兩聲，說：「我們一天到晚呆在書櫃裏，什麼書沒看過？可你們呢？如果你們能數出三本書的名字，我們就認輸！」

充氣娃娃跟客廳的小伙伴們大眼瞪小眼，沒話可說。忽然，小狗眼珠一轉，

大聲説：「你們看到的只是書脊上的名字，書裏講什麼，你們知道嗎？」

這回可輪到書房裏的小擺設們發呆了，書櫃裏的書名它們幾乎都能背出來，可是裏面講些什麼，它們一點都不曉得。這時候，瓷老鼠「吱溜」一聲跑到屋子中間，洋洋得意地説：「依我看呀，還是我最有文化，我肚子裏吃了不少書，這比看還厲害哩。」

瓷老鼠的話音剛落，小擺設們就生氣地叫嚷起來了，説瓷老鼠這樣做不但是最沒文化的行為，而且是在毀滅文化。

為了懲罰瓷老鼠的錯誤行為，大家一致通過，將瓷老鼠流放到浴室，不徹底改過不許回客廳。它們鬧哄哄地將瓷老鼠押送到浴室，把它安置在熱水器頂上，小擺設們千叮嚀萬囑咐，希望它早日悔過，早日回到大夥兒中間，好心的充氣娃娃還細心地替它擺好牀鋪。

正當瓷老鼠感動得差點流下淚的時侯，卻發生了一件不幸的事情：充氣娃娃不小心從熱水器頂上摔下去，掉進下面的浴缸裏了。

「哇！」充氣娃娃在浴缸裏嚇得放聲大哭。伙伴們馬上展開了救援行動，連瓷老鼠也參加了。但是，對於這些小不點的小擺設來説，浴缸實在太大太深了，不管它們怎樣想辦法，都未能將充氣娃娃救上來。瓷老鼠深深地歎了

口氣，説：「都是我不好，是我害了充氣娃娃。看來要主人回來才能救她了。」

充氣娃娃一聽，哭得更厲害了。主人一家去國外旅遊，要一個月才能回來，時間難熬是一回事，要是給蟑螂呀小蟲呀咬一口，自己可就完蛋了。

大家正在焦急，忽然聽見從牆角傳出來一個怯生生的聲音：「我有辦法。」

小擺設們一看，嗬，是裝洗潔精的小象塑料瓶。平常主人總把它擱在浴室的角落，大家都嫌它髒兮兮又悶頭悶腦的，都不喜歡跟它玩。現在它説有辦法救充氣娃娃，誰相信呢？

小象慢吞吞地走出來，説：「往浴池裏灌滿水，充氣娃娃不就浮上來了嗎？」

對呀，太對了，怎麼就沒想到呢？小擺設們一個個惋惜得直跺腳，後悔失去了一個最能證明自己最聰明、最有學問的好機會。

後悔歸後悔，它們還是為充氣娃娃馬上可以得救而高興得要死。幾個力氣大的，已急不及待地爬上去開水龍頭。糟糕，平常主人一扳就嘩啦啦流出水來的水龍頭竟存心和它們作對，小擺設們出盡力氣去扭，它都紋絲不動。

充氣娃娃又哭起來了。沒法，大家只好又去請教小象。

小象想了想説：「利用槓杆原理，把一根長棍子綁在

水龍頭開關上，一扳就行了。」

　　大家半信半疑，但又想不出別的法子，只好按小象説的去做。沒想到是意想不到的順利，水龍頭扳動了，水流出來了！在一片歡呼聲中，充氣娃娃隨着水一點一點往上升，等升到大家的手夠得着時，一拉，就把她拉上來了。

　　充氣娃娃拍拍身上的水，還是跟平常一樣活潑、漂亮。她跑到小象面前，説：「小象，謝謝你！」

　　小象一聲不吭，害羞地低下頭。大家七嘴八舌地問：「小象，你一年到頭蹲在浴室裏，為什麼懂得這麼多？」

　　小象小聲地説：「其實這些知識都是電視上説過，書本裏有的，我只不過有時在電視機音量大時聽到，有時是小主人在浴室裏邊洗澡邊背書，我記住了。」

　　大家聽了小象的話，都十分慚愧，自己天天看電視，天天和書在一起，可對這些普通常識卻一無所知，還好意思説自己最聰明，最有學問哩。

　　充氣娃娃眨巴眨巴大眼睛，説：「看來最聰明、最有學問的該是⋯⋯」

　　大家異口同聲地説：「小象——」

月光，靜靜地照進客廳，給千姿百態的小擺設蒙上了一層神秘的色彩。

夜深人靜，小擺設們耐不住了，小瓷狗、洋娃娃、長頸鹿，還有小機器人等等「劈拍劈拍」一個個從組合櫃上跳了下來。夜晚，是它們歡樂的時刻，捉迷藏、老鷹抓小雞、丟手帕……

可是今天，他們忽然覺得玩厭了。

洋娃娃梳着她漂亮的辮子，説：「怎麼，今天還玩捉迷藏？」小瓷狗懶洋洋地説：「門後面，牀底下，都不是秘密了，還有哪裏好藏？」

小機器人用腳跟一下下敲着小鼓，大聲嚷嚷：「無聊、無聊、無聊……」

小擺設們的生活缺少了新鮮，他們不再盼夜晚。

有一天，主人帶回來一隻小象，圓腦袋、長鼻子、大耳朵，脖子上還掛着一塊漂亮的商標。小擺設們很高興，全用眼睛向新朋友送去友誼的訊息。好不容易等主人睡着了，大家歡叫着向小象圍過去：「小象，你好呀！」

小象甩着長鼻子，眼睛笑得像彎彎的月芽兒：「你們好！」

接着，小擺設們一致要求小象給他們表演節目，小象一點也不扭捏地答應了，牠用牠的小尾巴，用牠的長鼻子，用牠靈活的四條腿，跳了一段很優美很活潑的象舞。小擺設們跳呀笑呀，很久沒有這麼高興了。小象跳着跳着，走到小機器人身邊，鼻子一拱，把牠放到自己背上，機器人變成大將軍了。於是，大家都爭先恐後要小象背着跑，誰不想當大將軍呀。

小象已經很累了，但牠還是笑嘻嘻的，牠一定要滿足所有新朋友的要求。最後輪到洋娃娃，她膽子小，騎在小象背上戰戰兢兢的。小象説：「拉着我的耳朵啊，洋娃娃是個勇敢的孩子。」

洋娃娃笑了，她挺直了身體。小象背着洋娃娃跳上了桌子。「洋娃娃，大將軍！大將軍，洋娃娃！」大家拍着手，為變勇敢的洋娃娃叫好。

小象已經很累了，牠多想休息一下，可是，看到洋娃娃高興的樣子，又不想掃她的興。忽然，牠腿一軟，從桌子上栽了下去，掉向桌旁的金魚缸。牠剛來得及用鼻子將洋娃娃甩開，自己就「咚」的一聲掉進魚缸了。

正玩得高興的小擺設們一下子目瞪口呆，過了一會才「呼」的一下湧到魚缸邊。小機器人急忙找來了竹竿，叫

小象用鼻子繞好，「一、二、三！」大家一起使勁拉，奇怪，小象的鼻子滑溜溜的，怎麼也拉不上來，大家沒法，又急急忙忙地到處去找救生工具。

找了半天，還是毛毛小猴機靈，找到了一個長柄杓子，大家又急急忙忙地跑回魚缸邊。

大事不好！小象呢？怎麼不見了。小機器人用杓子撈來撈去，變得混濁的水裏根本沒有小象的蹤影。奇怪，小象哪去了？

小機器人説：「説不定牠早已爬上來了，藏到哪裏，跟我們開玩笑哩。」

對，一定是躲起來了。大家心裏一塊石頭落了地，嘻嘻哈哈分頭找開了。好你個小象，找出來非咯吱你一頓不可。

忽然，洋娃娃驚叫一聲：「呵，好漂亮的小泡泡。」

大家一看，只見魚缸裏飄出了許多小泡泡。一個、兩個、三個、幾十個、幾百個，透明的，閃着絢麗的小彩虹，在半空中飄哇飄的。大家頓時把什麼都忘了，他們滿屋子跳呀跳呀，誰都希望抓到一個美麗的小泡泡。

「嘻嘻，嘻嘻。」空氣中傳出了歡樂的笑聲，啊，這不是小象的聲音嗎？

「小象，你在哪藏着？快出來跟我們一塊玩吧。」大夥兒七嘴八舌地叫着。

「我就在你們身邊，嘻嘻。」滿屋子都是笑聲。大家驚奇地發現，聲音是從那些好美好美的小泡泡裏發出來的。

「喂，大家快來看！」小瓷狗叼來了從小象身上掉下的商標，只見上面寫着：小象牌兒童香皂。原來小象是一塊洗澡用的香皂！

唉、唉。大家全部歎起氣來。本來小擺設是不會歎氣的，從那時候起，就都學會了。唉，唉。

小泡泡破了，一個、兩個、三個……在帶給了大家歡樂之後，小象永遠消失了。

小象消失了，但是它永遠留在了小擺設們的心裏。

花園裏長着兩朵一枝並蒂的小喇叭花，大的是姐姐、小點的是妹妹，小姐妹長得一樣的鮮紅，一樣的漂亮。她們相親相愛，形影不離，連一次嘴也沒吵過。清晨，一同吮吸清甜的露珠，一起迎着太陽跳舞；晚上又依偎在一起，做着甜蜜的夢。

可是誰也沒有想到，有一天姐姐竟然不認妹妹。

那是一個有薄霧的早晨，姐妹倆正頭挨頭，説着沒完沒了的悄悄話。忽然，跑來了一個穿校服的小男孩兒，他將手裏端着的一盆水，猛潑到地上，妹妹躲閃不及，給潑了一身水。小男孩兒不知道闖了禍，一轉身「碰碰碰」跑回屋子裏去了。

「妹妹！」姐姐顧不得自己的心還在「噗噗」亂跳，趕緊伸手去想替妹妹擦臉。可是，姐姐伸出的手像被火燙了一樣，猛地縮了回來，大喊道：「你，你是誰？」

妹妹給嚇了一跳，驚訝地看着姐姐：

「姐姐，你怎麼啦？我是你妹妹呀！」

「不是，你不是我妹妹！」姐姐又驚又怕，大聲喊着，「你這個藍色的妖精，你把我妹妹怎麼啦，快還我妹妹來！」

「什麼藍色妖精？姐姐，我不明白你的話，我是你的紅妹妹，你紅豔豔的、漂亮的小妹妹呀。」妹妹快要哭起來了。

「什麼紅妹妹，你不拿塊鏡子照照自己！」姐姐憤怒地説。

正在這時，妹妹發現地上有一汪水，她急忙彎下腰，往水上一照。「啊！」她驚叫了起來，她發現，自己原先紅豔豔的臉蛋，不知為什麼竟變成藍色的了。

「姐姐，姐姐，我也不知道為什麼會變成這樣。」妹妹聲音裏帶着哭腔，「我真是你的妹妹呀！」

「你走開，你不是我的妹妹！」姐姐氣呼呼地把背對着她。

「哇——」妹妹又委屈又害怕，大聲哭起來了。

哭聲驚動了小男孩，他從屋子裏跑出來，只見兩朵小喇叭花，一朵在大哭，一朵在垂淚。

「你們怎麼啦？」小男孩關心地問。

妹妹哭哭啼啼地説姐姐不認自己，姐姐抽抽泣泣地説妹妹給藍妖精趕走了。

　　小男孩聽完，「哦」了一聲，不好意思地說：「原來是我闖了禍，真對不起。」說完，慌忙跑進屋子裏，拿出來一瓶醋，往妹妹身上灑了一些，真奇怪，像變魔術一樣，妹妹又變回紅喇叭花了。

　　「姐姐！」「妹妹！」兩姐妹又驚又喜，高興地擁抱起來。可是，她們實在不明白，妹妹為什麼像變戲法一樣，一會兒變成藍的，一會兒又變回紅的呢？她們一齊請教小男孩，小男孩笑嘻嘻地說：「這變把戲的是你們身體裏的花青素。」

　　「花青素？花青素一定是一種很漂亮的顏色吧？」姐妹倆異口同聲地問，她們還是第一次聽到自己體內有這種會變把戲的東西哩。

「花青素是什麼顏色的，這很難説。因為它的顏色是隨着酸鹼度、溫度的不同而變化的。花朵裏的有機酸和生物鹼的種類以及分量多少都不一樣，因此酸鹼度也不一樣。所以呀，你們花兒就有紅的，也有藍的，還有紫的……」

「哦，明白了，明白了，怪不得我們花姐妹們會有各種各樣的顏色，原來是花青素在變戲法！」姐妹倆大聲嚷起來。

小男孩點點頭，又説：「你們花兒身上還有一種叫胡蘿蔔素的東西。花青素是在紅、紫、藍之間變化，而胡蘿蔔素則在紅、橙、黃之間變化，就是這兩條躲在植物裏的變色龍，把大自然裝扮得萬紫千紅。」

「呵，真有趣。」姐姐想了想，恍然大悟地説：「哦，我知道了，你剛才潑到我妹妹身上的，一定是含鹼的肥皂水……」

「對，真聰明，小妹妹身上生物鹼增多，所以就變成了藍色。後來，我又灑了些醋在她身上，讓有機酸增多，所以，她又變回紅的了。」男孩子説。

「謝謝你，小哥哥。」姐妹倆異口同聲地感謝小男孩。

小男孩告辭了，小姐妹倆又親密地依偎在一起，説着沒完沒了的話兒。不過，她們談話的內容比以前豐富多了。

一、小黑介紹不愛聽批評
意見的平平去好話王國

平平是小學四年級的學生，既聰明，又好強，就是頂討厭聽批評意見。平平是個饞嘴貓，最喜歡在無牌熟食檔買東西吃，媽媽常常批評他，他卻不肯聽，結果常常搞到肚子痛。有一次平平做數學題，把二九一十八寫成二九八十一，老師批評他粗心大意，他還不服氣，不就錯一點點嘛，也值得批評。

這天，平平又挨批評了。班裏排話劇，準備參加學校的校慶晚會。排練時，大家都按劇本去唸，而平平呢，該他唸台詞時他忘了，不該他唸時又偏說個沒完。同學們都批評他，他受不了啦，氣呼呼地跑回家，坐在牀上生悶氣，唉，要是有一個地方，沒有批評，該多好。

「妙！妙！就有這麼一個地方！」腳下傳來一個甜甜的聲音，平平低頭一看，是貓咪小黑。小黑是平平最好的朋友，牠從來不批評平平，不管平平做錯

了還是做對了，都「妙、妙」的叫好。

「真的！」平平不相信。

「不騙你，那地方叫好話王國。」小黑討好地用腦袋去蹭着平平的腳。

「太好了！」平平蹦下牀，「快告訴我，好話王國在哪？」

「從這往前走，上坡，下坡，左拐彎，右拐彎，再上坡，再下坡，就到了。」小黑說。

按着小黑指的路，平平走呀走呀，不知走了多長時間，看到一座像古城門般的建築前，喲，上面正寫着的四個大字——好話王國。

二、平平認識了儘管玩兒

平平一進城，就被一羣滿臉笑容的人圍住了：「喲，好一個又漂亮又聰明的小朋友！」

這城裏的人，個個都是身粗、手粗，腿粗，腦袋卻小得出奇。不過，儘管這些人不好看，平平還是瞧着順眼，因為他一來就受到這麼多的稱讚，心裏太高興了。

平平來到一個大公園門口，往裏一看，嘿，裏面密密麻麻聚滿了小孩。奇怪，今天不是星期天，也不是節假日，怎麼他們不去上學？

忽然，有誰拍了平平一下：「喂，伙計！」

平平回頭一看，是一個跟自己一般大的小男孩，他手裏拿着一條甘蔗，邊啃邊隨地扔蔗渣。

平平正愁沒有伴，他高興地説：「你好，我叫平平，你呢？」

小男孩説：「我叫儘管玩兒，在『好話小學』讀書。」

「儘管玩兒？」平平樂了，「你這名字好怪。」

儘管玩兒笑笑説：「我本來不叫這個名兒的，因為媽媽老叫我儘管玩兒儘管玩兒的，所以後來就乾脆改名叫儘管玩兒了。」

「你媽媽可真好。」平平羨慕得很。他又問，「你們不上學，老師不批評嗎？」

「不批評，還表揚呢。」儘管玩兒説。

「表揚？逃學還表揚？！」平平糊塗了。

「這有什麼奇怪的，我們這裏就叫好話王國嘛，嘿，別再問長問短了，我帶你玩兒去！」儘管玩兒拉着平平來到滑梯下面，「看我玩個新花樣。」

儘管玩兒不是從樓梯上去，而是從滑板走上去，把滑板踩了一溜髒髒的腳印。

平平嚇了一跳，心想這頑皮鬼一定會挨批評了。沒想到，周圍卻響起一片叫好聲。

儘管玩兒在滑梯頂上向平平招手，平平一鼓勇氣，也從滑板上爬上去。人羣又響起一陣叫好聲。平平跟着儘管

玩兒盡情地玩呀玩呀，沒人叫他上學，也沒人催他做作業，更沒有人批評他，平平覺得開心極了。

三、對不好吃的麵條也得稱讚一番

痛痛快快玩了半天，平平的肚子餓了，儘管玩兒從口袋裏拿出一大疊錢，要請平平吃麵條。平平奇怪了：「你哪來這麼多錢？」

儘管玩兒得意地說：「學校獎的，算錯一道題獎十元，這學期我都得了三百元了。」

平平羨慕得睜大眼睛：「你能不能跟老師說說，讓我也上好話小學？」

「得！」儘管玩兒拍拍胸膛，一口答應了。

兩人進了一家麵店，買了兩碗麵條。平平端起碗喝了一口湯，天啦，鹹得舌頭都麻了！他剛要嚷，儘管玩兒已經叫開了：「好吃，好吃極了！」

平平愣了愣，才記起這裏是好話王國，只好自認倒霉了。這麵條更難吃了，黏黏糊糊，中間還是生的。平平齜牙裂嘴，吃藥似的捏着鼻子把麵條吞下去，臨走還得跟着儘管玩兒把麵條稱讚了一通。

四、平平挨打，但所有的人都在叫好

平平和儘管玩兒經過一間劇院，廣告牌上寫着一個音

樂會即將開演。平平最愛聽音樂了，他拍拍儘管玩兒的肩膀説：「聽音樂去，我請客！」

儘管玩兒照例應好：「妙極了！」

平平拿出四十元，遞進售票的窗口：「來兩張！」

買票的接過錢數數，説：「兩張五十元，還差十元。」

平平抬頭看看票價，上面明明寫着每張二十元，便説：「二十元加二十元等於四十元，怎麼會是五十元呢？」

賣票的火了：「二十加二十等於五十，我小時候上學就這麼算的，從來就沒有人説我不對。」

「對，對，沒錯。」儘管玩兒在一邊也表示贊同。

平平沒法，只好多付了十元。

劇院裏坐滿了觀眾，都在異口同聲説着好話，説即將開演的是全世界最成功的音樂會，惹得平平心裏滿是期待。可是等音樂會一開始，平平卻發現上了大當。

簡直是世界上最糟糕的音樂會。音樂指揮忙得滿頭大汗，但都沒人理會他，小提琴拉 C 調，小號奏 F 調，而鋼琴卻在彈 A 調。那些號稱「歌壇巨星」的歌手就更嚇死人，男歌手唱得像烏鴉叫，女歌手歌聲像馬嘶。平平只覺得腦袋發脹，呼吸急促，只差一點要昏倒。但其他觀眾呢，喝彩聲一陣高過一陣，連儘管玩兒也在拚命鼓掌，大聲叫好。

平平實在忍無可忍，大聲叫嚷起來：「不好，不好！」

周圍的人聽見了，都驚訝地看着他。儘管玩兒瞪着平

平，很生氣：「在我們好話王國，從沒聽過批評的話，你馬上向人家道歉！」

「不好，就不好嘛！」平平一肚子都是氣。

「你敢再說一遍！」儘管玩兒惡狠狠地說。

「不好！不好！！不好！！！」平平倔強地大叫大嚷。

儘管玩兒猛地朝平平臉上打了一拳，平平的鼻子馬上出血了。平平氣壞了，他撲向儘管玩兒，兩人扭作一團。

劇場裏馬上響起一片叫好聲：「打得好！打得好！」大家都不聽音樂了，圍過來看平平和儘管玩兒打架。

「戰鬥」結束了，平平臉上紅一塊青一塊的，他氣憤地衝出了劇院。好不容易，才找到一間門口掛着「妙手神醫」牌子的診所。

「啊，紅紅綠綠的，多好看呀。」醫生一本正經地說着，一邊動手給他塗消毒藥水。

平平委屈得差點要哭出來：「是一個小流氓打的。」

「打得好！」醫生大聲說。

平平一聽，氣得哇哇大哭起來。

醫生笑了：「哭得好，哭得好，哭得好看極了。」

平平一跺腳，使勁推開醫生，跑了。

五、平平再也不願上好話小學

平平後悔極了，真不該聽了小黑的話，到這個莫名其

妙的好話王國來。對，回家去！

平平急忙向城門口走去。忽然，有人一把揪住他的衣領，回頭一看，媽呀，是儘管玩兒！

「你想幹什麼?!」平平嚇了一跳。

儘管玩兒好像已經把剛才的事情忘得一乾二淨，笑嘻嘻地說：「老師已答應你上我們的好話小學了，快跟我回去。」

平平慌了，拚命掙脫儘管玩兒的手，向城門口跑去。

「平平，快回來，回去要受批評的！」儘管玩兒一邊追一邊叫。

「我寧願受批評！」平平跑呀跑呀，直到後面的儘管玩兒成了個小黑點，終於看不見了，他才鬆了口氣。

這時候，平平突然發現，前面綠樹叢中露出了他們學校門樓上的旗杆，上面，一面小旗子正隨風嘩啦嘩啦地飄。

「老師和同學會原諒我嗎？」平平不由得放慢了腳步。

「知錯能改，就是好孩子。」平平耳邊響起老師的親切聲音。他不再猶豫了，抬腳向學校跑去，比剛才儘管玩兒追他時，快上十倍。

一、蕭基米為什麼成了小機迷

　　有個小五生，叫蕭基米，可全班同學都管他叫「小機迷」。你猜為什麼？他成天上課不聽，作業不做，一心迷上了打遊戲機。

　　每天放學回家，他把書包一扔，衣服未換，鞋沒脫，就十萬火急地打開電腦玩遊戲，開始「戰鬥」。只見硝煙滾滾、炮火連天，一會兒打掉一架飛機，一會兒擊沉一艘軍艦，基米的威風樣子，真像一位指揮千軍萬馬的將軍。

　　但最吸引蕭基米的還是大廈旁邊的那個電子遊戲機舖，那裏有很多最新最流行的遊戲，用基米的話來說，這些遊戲「夠刺激、夠勁爆」。而最使基米心迷意亂的還是遊戲上那幾行小字：「朋友，當你得到一萬分的時候，電子遊戲機將送給你一份神奇的禮物！」

　　打掉一架飛機是十分，那麼，要打掉一千架飛機，才能達到一萬分，也就是說，才能得到那件神奇的禮物。可是太倒霉了，基米至今還沒打破擊落五百

架飛機的紀錄。但基米在玩遊戲機方面，從來都是不怕困難的，他決心要得到那件神奇的禮物。

可惜的是，遊戲機舖只有節假日才對小學生開放，這樣，基米平時就只能在家裏用電腦「練兵」了，等放假時再去機舖「搏殺」。

基米想，要是不用上學，不用做功課，天天放假，天天玩遊戲機，那該多好！

偏偏還得上學。老師好像透過他一本正經坐在那裏的樣子，看穿了他的腦子在想什麼，一次又一次地輕輕敲他的課桌，一次又一次地提問他。

回家還得做功課。媽媽對他的成績越來越差十分生氣，基米頂怕媽媽生氣，媽媽一生氣就不給他零用錢，基米就玩不成遊戲機。

星期天早上，基米偷偷將媽媽給他買文具的錢帶上，又溜出了家門。今天運氣真不錯，基米破天荒打到九千九百九十分了。這時，最後一架飛機過來了，只要打下它，就……別讓它跑了！基米緊張地一按按鈕，糟糕，打不中！基米眼看那架飛機快要從屏幕上消失了，他不顧一切地撲上去，一手抓住飛機的尾巴，不得了啦，飛機把基米帶進遊戲機裏了。

二、基米在遊戲機王國

基米閉着眼睛，只覺得身體晃晃悠悠的，耳邊風聲呼呼，他不敢放手，死死抓住機尾，飛機飛呀飛呀，終於慢慢降落了。基米聽得一片嘰嘰喳喳的聲音，睜開眼睛一看，喲，一大羣跟自己一般大的小朋友，正圍着他哩。

「瞧，又來了一個小機迷。」一個戴着尖帽子的小不點説。

基米問：「你們是誰？怎麼知道我叫小機迷？」

「你要不是小機迷，怎麼會來到電子遊戲機王國？」小不點擠擠眼睛，説，「我叫小玩星，咱們交個朋友，怎樣？」

基米很高興：「太好了，很高興認識你。」

小玩星説：「你以後玩什麼都可以儘管玩，這裏沒有愛管學生的老師，也沒有老要人做作業的媽媽。」

「真的？」基米又驚又喜，他很後悔怎麼不早來這裏，「真的沒有一個人管我們？」

「管我們的人倒有一個，那就是我們的國王。這個國王我們沒見過，他很少露面，一天到晚在屋子裏。但他神通廣大，我們的一舉一動他都知道。他最喜歡愛玩的孩子，誰不貪玩，他還要懲罰呢。」小玩星邊説邊指着遠遠一個地方，那裏有許多小孩子在搬運磚塊，「那些不聽他的話，不貪玩的小朋友，都被罰到那裏做苦工。」

小玩星拖着基米的手，來到一間很大很大的屋子，呀，滿屋子都是小孩，滿屋子擺滿各式各樣的遊戲機，基米樂得手舞足蹈，兩眼簡直放出光芒。

　　小玩星説：「你就儘管玩吧，玩到不睡覺不吃飯也沒人干涉你。」

　　基米逼不及待將衣袋裏幾個錢幣掏出來，往遊戲機那個小扁孔裏塞了一個，馬上，「嗒嗒嗒」「轟轟轟」各種飛機戰艦都動起來了。紅光閃，藍光閃，基米嘴裏喊着：「打！打！」玩得既開心又刺激。可是，幾個錢幣一會兒就玩完了，真該死，怎麼不向媽媽多要些錢哩。

　　小玩星笑嘻嘻把基米拉到一個長方形的鐵傢伙前，這個鐵傢伙很像一個人，眼睛是兩盞燈，鼻子是個按鈕，下面有個扁扁的大嘴。鐵傢伙肚子上還有個熒屏，熒屏上顯示出五個大字：「知識收購處」。

知識收購處

小玩星告訴基米：「沒錢不要緊，今後只要你到這裏來，把知識賣給它一點，一道數學題也可以，一個生詞也行，或者穿襪子的方法都可以，它馬上就會給你錢。不過，以後你就再也不會做這些數學，也不會寫這些字，甚至不會穿襪子。」

基米滿不在乎地說：「不會就不會，我本來就不想學，是老師和爸爸媽媽硬逼我學的。」

基米一點兒也沒有猶豫，他馬上賣了五道數學題。鐵傢伙肚子上的熒屏馬上出現了這幾道題，閃了幾下，就沒有了，像是吞進了肚子裏。接着，那個扁扁的嘴馬上吐出了很多錢幣，足夠基米玩幾天了。

三、小覺悟說國王是個大壞蛋

基米在遊戲機王國住了下來，他過得很快樂。每天，他和小玩星他們一起盡情玩耍，錢用完了，就去「知識收購處」用知識換錢，然後又再去玩。

基米還未忘記那份神奇的禮物，但奇怪的是，不管基米日又打夜又打，他總是達不到一萬分。每次打到九千多分時，記分牌就像睡着了似的，一動也不動。

一天，基米玩累了，跑到一個小山坡，舒舒服服地躺在草地上。忽然，一陣小朋友的聲音傳來，基米一看，原來他跑到罰小朋友做苦工的地方來了。基米好奇地跑過去，

喲，還有鐵絲網圍着哩。

一個小男孩正在鐵絲網那邊喝水，基米叫了他一聲：「喂，你好！你叫什麼名字，你們在幹什麼呀？」

小男孩看了基米一眼，説：「你好，我叫小覺悟，我們在蓋倉庫哩。國王騙了孩子們許多錢和許多知識，原來的倉庫不夠用了，要多蓋幾個。」

基米很奇怪：「什麼？騙小孩子？國王不是讓我們玩得很快樂嗎？」

小覺悟歎口氣説：「唉，你也跟我當初一樣傻。我本來是個很用功的學生，因為迷上了遊戲機而來到了這裏。為了換錢打機，就把所有的知識都賣光了。後來國王要我們去幫他騙別的小朋友，騙一次，就給我們免費玩一天遊戲機。」

基米睜大眼睛，説：「真的？」

「當然真的。你還記得遊戲機上關於神奇禮物的事嗎？為什麼老是達不到一萬分哩，就是因為一萬那個數字被國王鎖住了，所以，遊戲機上的記分牌是永遠不會跳到一萬的。那個神奇的禮物其實根本就不存在。」

基米有點明白了：「哦，原來是這樣。這個國王是個什麼樣的人呢？他幹嗎這麼壞，要騙小孩呀？」

小覺悟説：「聽説，他是個神通廣大的大魔怪，他野心很大，想統治整個世界。可是，因為大人們都知道他的

狼子野心，都不搭理他，所以他就專騙我們小孩子。他千方百計騙去我們的知識，使我們全變成小傻瓜，好讓他隨便擺布。」

基米說：「不會吧，我看那些小朋友都不是小傻瓜呀！」

小覺悟歎了口氣，說：「魔王是個狡猾的傢伙，他怕小朋友們知道真相，就把那些已經變成傻瓜的孩子趕到山的那一邊了。不信，你翻過山去看看。」

基米為了弄清真相，就爬上山頂，往山那邊一看，只見一群群小朋友在那裏打打鬧鬧，髒兮兮的，傻里傻氣的。有的拖着長長的鼻涕也不會擦，有的把褲子穿到頭上，還有的將石頭放進嘴裏當糖吃。基米嚇壞了，他想，自己以後把所有的知識都賣完，也會變成這樣子。他不敢再看，拚命跑下山，跑回小覺悟跟前，喘着氣說：「這個大壞蛋，我們上他的當了！你們為什麼不想辦法趕走魔王呢？」

小覺悟說：「現在許多小朋友都還沒認清魔王的壞心腸，有誰稍微覺悟了，就馬上被關起來，罰做苦工，想跑也跑不了。而且，這個魔王本領很大，有幾個小朋友曾經想去消滅他，都被他發覺，讓他害得很慘。」

基米氣憤極了，這個魔王真可恨！他決心要為小朋友除害，就問小覺悟：「有什麼辦法可以消滅魔王呢？」

小覺悟說：「聽說魔王住的地方有許多寫着數字的按

鈕，其中有一個按鈕一按就可以消滅魔王。但是如果你按錯了別的按鈕，就會變成一隻小豬。」

「那個可以殺死國王的按鈕是什麼數字呢？」基米性急地問。

小覺悟歎着氣，說：「是 2+5×2 的得數，可惜我們誰也不會算。」

本來，四則混算基米早就學過了，可惜前幾天賣給了「知識收購處」，唉，基米後悔極了。

忽然，鐵絲網上一排小紅燈一閃一閃地亮起來了，小覺悟着急地說：「快，你快走！魔王發現我們了，他是不准你們來這裏的。」

基米一聽，連忙離開了。

四、小機迷智取數學答案

基米找到了小玩星，將小覺悟的話悄悄告訴了他，小玩星還沒聽完，就嗚嗚地哭起來了。一邊哭還一邊嚷：「我不當小傻瓜，死也不當。」

基米說：「別哭了，咱們還是想想辦法，把那個數學答案算出來，消滅魔王，救出所有小朋友。」

小玩星低着頭，不好意思地說：「我來得比你早，知識也賣得差不多了，哪裏還會做數學題呀？」

怎麼辦呢？基米和小玩星腦瓜都想痛了，還沒想出個

好辦法來。突然，基米想起來了，他高興地大叫起來：「我們去魔王的知識倉庫，不是可以找到答案嗎？」

天黑後，基米和小玩星悄悄地跑到知識倉庫，發現倉庫門口站着一個模樣十分兇惡的機器人。兩個人嚇了一跳，趕緊躲在一邊。

可是觀察了很久，那個機器人仍然維持原來姿勢，一動不動的。

小玩星説：「這可能是個壞掉的機器人，不管它，咱們快進去。」

基米和小玩星輕手輕腳地向倉庫走去。沒想到，快到機器人面前時，那機器人馬上「格格格」地轉動起來，兩隻眼睛射出藍光，像電網一樣將他們擋住了。基米試着去碰一下，巨大的電流馬上將他們打出幾米遠，嚇得他們躲在小樹叢中再也不敢前進一步。

過了一會，那藍色光網熄滅了。可是，基米他們仍然進不去，只要一走近，那光網又會出現，怎麼辦呢？想呀想，終於想到一個好辦法，他們每人捧着一大團濕泥巴，「一、二、三」一齊衝向機器人，「啪啪」兩下把機器人的兩隻眼睛糊住。哈，成功了，光網不再出現了。基米和小玩星高興地衝進了倉庫，尋找那道數學題答案。

倉庫四面牆上鑲滿了一個個熒屏，分別寫着「數學」、「語文」、「生活常識」等等。基米跑到數學熒屏前，一

按按鈕，屏幕馬上亮了，先出現了加法，接着是減法，再下面是乘法、除法、四則運算，兩個人眼睛睜得大大的，看到了，看到了，2+5×2=12！

基米和小玩星得到了答案，便馬上跑出倉庫，不好了，機器人的眼睛一眨一眨的，就像是想將泥巴抖下來的樣子。基米拉着小玩星，拚命地跑啊跑啊。不好了，機器人眼睛上的泥巴掉下來了，藍光馬上射出來，幸好基米和小玩星已經跑遠了。

五、基米和小玩星大戰魔王

已經夜深了，四處靜悄悄的。基米是個急性子，他對小玩星說：「魔王現在一定睡着了，我們現在就找他算帳去！」

小玩星當然同意啦，他也巴不得趕快除掉魔王，好早日回家。

魔王的房子就建在一座孤零零的小山崗上，房子裏除了一張牀以外就什麼也沒有了，基米和小玩星看見牀上躺着一個巨人，像打雷一樣發出鼻鼾聲，他就是魔王。

小玩星有點害怕，緊緊挃住基米的手。基米心裏也撲通亂跳，像揣了一頭小鹿似的。借着月光，基米看見向西的一幅牆上，密密麻麻嵌滿了從一到一百的按鈕，小玩星眼尖，一下子就找到了十二號，兩人又興奮又害怕，只要

一按這按鈕，魔王就沒命了，所有的孩子就得救了。但千萬不能按錯呀，如果按錯了變成一隻小豬，那就麻煩了。

基米的心「撲撲」亂跳，他鼓起勇氣掂起腳去按按鈕，糟糕，太高了，夠不着！他小聲叫小玩星騎到他肩膀上，小玩星戰戰競競的，沒提防腳下一滑，兩人一齊跌倒了。

一陣咆哮聲傳來，不好了，魔王醒了！

基米慌忙拉起小玩星，從窗口逃了出去，回頭一看，不好，魔王也追來了。借着朦朧的月光，基米看見魔王的頭是長方形的，眼睛像兩盞探照燈，走起路來「咔嚓咔嚓」地響，這種模樣好像在哪裏見過。啊！是機器人，魔王原來是個機器人！基米和小玩星拚命地跑啊跑啊，眼看魔王越跑越近，基米忽然靈機一動，說：「小玩星，我引開魔王，你趕快跑回魔王的房子，去按十二號按鈕，快！」

小玩星咬咬牙，向另一邊跑去了。基米繼續向前跑，還故意把樹葉弄得嘩啦啦響。魔王果然上了當，緊緊地追趕着基米。跑啊跑啊，基米累得快跑不動了，魔王追上來，長胳膊一把抓住基米，好怕人啊，一陣寒意馬上傳遍了基米全身。魔王的手冷冰冰的，基米忍不住大叫起來，魔王吼叫着卡他的脖子，基米昏過去了。正在這時，魔王突然全身一震，撲通一聲倒在地下，再也不能動了。原來，就在魔王要扼死基米的時候，小玩星及時按了十二號按鈕，切斷了魔王身上的電源。

太陽升起來的時候，基米醒來了，他看見癱在一邊的魔王，看見圍在身邊的許多小朋友，其中有小玩星，還有小覺悟。基米笑了，他知道，他們終於戰勝了魔王，他們勝利了。

　　基米打開了知識倉庫，將知識還給了所有小朋友，那些小傻瓜都不傻了，被魔王變成小豬的小朋友也一個個變回了活蹦亂跳的精靈鬼。後來，所有小朋友都回到了各自的學校，經過這次教訓，他們都變成很愛學習的孩子了。

小朋友，想聽故事嗎？從前有一座山，山上有一棵樹⋯⋯

哎，小朋友，別嘟着嘴不高興。阿姨沒捉弄你，精彩的在後頭呢！

山上的這棵樹長得比其他樹都高，直直地刺向天空；這棵樹的顏色也跟其他樹不同，葉子是紅色的，花朵也是紅色的，一年四季都長得非常茂盛，像一團火，像一片紅雲，讓人很遠很遠就看到它。

一些在山上迷路的人，看見它就知道了方向，就找到了回家的路。所以，遠遠近近的人都把它稱作「救命樹」。

這棵了不起的大樹是怎樣長出來的呢？說出來你可能不相信，他原來只是一根中醫師舂藥用的、不到一呎長的小棒子。

想知道小棒子是怎樣變成一棵參天大樹的嗎？阿姨慢慢說給你聽。

小棒子出現在人們眼前的時候，他還是一根長圓形的小木棒，小伙伴們都叫他做「圓圓」。還在倉庫呆着的時

候，圓圓就跟同伴那樣，做過許多美妙的夢，其中一個夢格外奇特，他夢到自己使勁地長呀長呀，長成了一棵參天大樹⋯⋯

一天，圓圓和同伴們終於踏上了他們生命的征途，他們離開了倉庫，被裝在一輛大貨車上，向城市一間著名的木家具廠駛去。一路上，他們「乒乒乓乓」地唱着木頭們的歌，顯得十分興奮，因為，能夠選去這間家具廠的，都是最好的木頭啊！

可是，天公不作美，這時候天上打了一個嚇人的雷，又「嘩啦啦」下起大雨來了。山路漸漸變得坑坑洼洼的，十分難走，車子走起來晃呀晃的，車上的木頭們也被拋上拋下的弄得渾身難受。

不知怎麼搞的，圓圓漸漸被拋到貨車的邊緣了，他很害怕，用力扯住別的伙伴，因為掉到路上可不是好玩的。

忽然，「轟」的一聲，車子碰到了什麼東西，猛地蹦了一下，圓圓被甩出了貨車，他剛來得及驚叫一聲，就重重地落在地上了。

圓圓從驚嚇中清醒過來時，發現大貨車已經走遠了。這時又發現同伴方方也掉了下來，正站在自己身邊發呆。

圓圓和方方愣愣地互相瞧了一會兒，心裏又害怕又難受，於是抱在一起大哭起來。

這時候，更可怕的事發生了，一隊長長的車隊駛了過

來，望不到頭的車子，一輛接一輛，就像一隻隻巨型怪獸般向他們撲來，每次都差那麼一點點就壓在他們身上。圓圓和方方嚇得渾身發抖，他們閉上眼睛，緊緊抱在一起，等着那被壓得粉身碎骨的那一刻到來。

忽然，圓圓感覺到有軟軟的東西碰了自己一下，身子晃晃悠悠地離開了地面，他睜開一隻眼睛，咦，是一個長得很帥氣的哥哥把自己和方方撿了起來，把他們帶離了危險的地方。

圓圓和方方很感激哥哥，於是由圓圓喊了一聲「一、二、三！」他們一齊叫起來：「謝謝哥哥！」

可是那哥哥不知道是木頭發出的聲音，他東張西望的，臉上滿是疑惑，不知是誰在跟自己說話。

哥哥把木頭帶回家，細細端詳着，自言自語地說：「這根圓的可以用來舂藥，這根方的……唔，那扇木門底下老是有風透進來，可以釘在那裏擋風。」

就這樣，圓圓和方方走上了自己的工作崗位。

哥哥是個山區中醫師，在他百草村的家裏開着一間小診所。診所裏一面牆上有個到頂的木櫃子，木櫃子分隔成許多小抽屜，小抽屜裏分別放着各種草藥；另一面牆上靠着一個很多層的木架子，架子上放着許多小瓶子。圓圓的工作就是把某些草藥舂成粉末，然後由醫生哥哥裝到瓶子裏。

　　醫生哥哥每天一大早就起牀，把屋子打掃乾淨，然後坐下來等候病人來看病。來找醫生哥哥看病的人很多，有捶着腰哼哼叫痛的老公公老婆婆，也有不會説話只會哭的小娃娃，也有被病痛折磨得愁眉苦臉的叔叔阿姨。

　　剛開始的時候，圓圓和方方瞧着醫生哥哥給人看病，覺得挺有趣的，可過了幾天就沒了新鮮感。圓圓因為本性善良，覺得醫生哥哥救了自己，幫醫生哥哥做事是應該的；方方就不這樣想了，他覺得本來用來打造漂亮家具的優質木料，被釘在一扇破門上，簡直是一種恥辱。還有這鬼地方，荒山野嶺的，哪有在大城市熱鬧。

一天夜裏，醫生哥哥睡着了，方方對圓圓説：「咱們逃跑吧！憑着這身好材料，不愁派不上好用場。」

圓圓猶豫了一會兒，搖搖頭説：「不。」

方方不高興了，他説：「哼，看你呀，每天就曉得跟草藥混在一起，沒出息！」

圓圓心裏很委屈，他也想有大出息，他還想變成一棵參天大樹呢！可是，剛來了幾天就走，對得起醫生哥哥嗎？起碼要待一段時間，報了恩再走呀！

圓圓想説服方方，可是方方藏起了耳朵，根本不想聽。這時候外面颳起了大風，方方見機會難得，他就把身子扭呀扭呀，把自己從門上掙了下來，讓風把自己帶走了。

方方走了，大風又從門下面透了進來，圓圓覺得冷極了；方方走了，沒有人陪着圓圓説話解悶，圓圓很苦惱。圓圓盤算着，等春藥的工作忙完了，他就離開這裏，找方方去。

可是圓圓很快又不想走了，他漸漸喜歡起醫生哥哥來。醫生哥哥可真厲害，每個病人進診所時都是病歪歪的，可離開時都精神爽利。他那溫暖的手一按摩公公婆婆的腰，公公婆婆就停止了哼哼；他那笑得彎彎的眼睛看看小娃娃，小娃娃掛着淚水的小臉就綻開了笑容，連打針都不哭：他那好聽的聲音一安慰那些叔叔阿姨，叔叔阿姨臉上就沒了愁容。

醫生哥哥工作很辛苦。他白天給病人看病，常常連飯都顧不上吃，有時候三更半夜有人得了急病，他二話不說就背起藥箱送醫上門。圓圓想不通，醫生哥哥醫術這麼厲害，又是名牌醫科大學畢業的，為什麼不去大城市裏的醫院工作呢？城市的醫院又舒服，掙的錢又多，多好啊！

　　有一天晚上，醫生哥哥吃完飯坐下來分揀草藥，圓圓忍不住向醫生哥哥提出了自己的疑問。醫生哥哥和圓圓相處久了，也懂了一些木頭們的語言。聽了圓圓的話，他嘴角往上一翹，露出了好看的笑容，說：「大城市需要醫生，窮山溝裏也需要醫生啊！如果我們都往大城市跑，那山裏的人病了誰給治呢！」

　　圓圓聽了很感動。他也暗暗下了決心，跟着醫生哥哥留在山溝裏為病人服務。大城市需要圓圓，可窮山溝裏也需要圓圓啊！

　　一天，有個大個子叔叔抱來了一個還不滿周歲的小娃娃。小娃娃長了一種致命的毒瘡，他身上又紅又腫，顯得十分痛苦，一直哭個不停。醫生哥哥仔細地替小娃娃作了檢查，然後告訴叔叔說：「別擔心！這種毒瘡有藥可治，只是剛好用完了，不過，我知道南山頂上有這種草藥。這樣吧，你先帶孩子回家，我馬上去南山找藥，找到了就直接去你家給孩子治病。」

　　大個子叔叔剛開始時聽到孩子的病有藥可治，十分高

興，但一聽到要去南山採藥，就很不安：「要去南山採藥？那座山道路崎嶇，路況又異常複雜，常聽到一些到那裏砍柴或採藥的人迷路回不來，死在山上。我不能讓你去，不能讓你冒這個險！」

醫生哥哥拍拍大個子叔叔的肩膀，說：「放心好了，那裏我去過一次，相信還認得路，不會有危險的。你快回家照顧好孩子，等我的好消息吧！」

大個子叔叔感激地向醫生哥哥鞠了一躬，抱着小娃娃走了。走了好遠，還聽見小娃娃的哭聲，圓圓聽了很難受。

叔叔走後，醫生哥哥就作着出門的準備，圓圓說：「醫生哥哥，你是去採藥嗎？我也去！」

醫生哥哥答應了，圓圓高興地一跳，跳到了醫生哥哥的背囊裏。

往南山的路好長啊，圓圓從背囊裏探出小腦袋，看看風景，又不時跟醫生哥哥說話聊天。走着走着天上下起雨來，地面濕滑難行，好幾個小時才走到山腳下，幸好這時雨停了。醫生哥哥顧不上歇歇，他擦了擦汗，就上山了。

這南山的路就如大個子叔叔說的那樣，既崎嶇難走，又容易迷路，醫生哥哥走着走着，就被那九曲十三彎的山路繞暈了，有時候走了很長時間才發現又回到了原來的地方。見到醫生哥哥累得滿頭大汗，圓圓又幫不上忙，只能乾着急。

就這樣在山上走啊走啊，不知走了多少冤枉路，終於在一處懸崖邊上發現了一叢開得正盛的小紅花。醫生哥哥興奮得眼睛發亮，他告訴圓圓，這就是專治毒瘡的草藥。

　　醫生哥哥開心地採着小紅花，採呀採呀，很快把背囊裝滿了。他捶捶酸痛的腿和腰，把背囊背好，就要下山。沒想到這時候，不幸的事情發生了，雨後的懸崖邊又濕又滑，醫生哥哥一不小心，腳下一滑，骨碌碌地掉下了十米深的懸崖。

　　這一摔，把圓圓也摔得很痛，但他顧不上檢查自己有沒有受傷，跳起來就找醫生哥哥。哎呀，不好了，醫生哥哥躺在地上昏迷不醒，頭上和腿上都流着血。

　　「醫生哥哥！醫生哥哥！」圓圓大哭起來。

　　怎麼辦呢？怎麼辦呢？自己小木棒一根，這荒山野嶺又連人影兒都沒一個，有誰可以救醫生哥哥呢？

　　圓圓想來想去，決定馬上回百草村找人。他含着眼淚看了醫生哥哥一眼，就拚命朝山下蹦去。他本來沒有腳是不能走路的，但這會兒卻一蹦一蹦的比長了腳走得還快。

　　蹦呀跳呀，不知過了多長時間，圓圓終於回到了南山腳下。他剛想擦擦汗再走，忽然見到一條瘦瘦的大黑狗走了過來。大黑狗一眼就看見了圓圓，兩眼唰地發出光芒，他以為是一根骨頭呢，趕緊用嘴叼了起來，飛快地跑了。

　　「放開我！放開我！我不是……我不是……」圓圓掙

扎着。

大黑狗嚇了一跳，他還從來沒見過會説話的骨頭呢！他已經打算落荒而逃了，但是餓得咕咕叫的肚子又讓他鼓起了勇氣，他跑到一個自以為安全的地方，免得被同伴把骨頭搶走，然後準備用餐了。

這骨頭也真硬，怎麼啃也啃不動，大黑狗努力了好一陣子，終於洩氣地把圓圓扔下，氣鼓鼓地走了。一邊走還一邊罵：「真沒見過這麼又硬又沒滋味的破骨頭，真懷疑是冒充的！」

圓圓摸着被摔得很痛的小屁屁，心裏很生氣，我早就告訴你不是骨頭，你不信，還説我冒充。哼！

圓圓正準備盡快蹦回去找人，忽然發現被大黑狗這麼一折騰，已經分不清東南西北了。正在着急，忽然聽到一陣好聽的歌聲，他東瞧瞧西瞧瞧，看見不遠處有一個很大很大的湖，一個穿着綠衣裳的女孩子坐在湖邊，正一邊梳着黑黑的長髮，一邊唱歌。

圓圓趕緊走過去，想向女孩問路，正在這時候，他看到一隻眼冒綠光的大灰狼，正齜着大尖牙、流着口水，躡手躡腳朝女孩走去。

「危險！」圓圓大喊一聲。

他不知從哪來的力氣，用力一蹦，撲向大灰狼，朝大灰狼劈頭劈腦地打去：「打死你，打死你！」

大灰狼被打得抱頭鼠竄，怪叫一聲，轉眼逃得無影無蹤了。可是，太不幸了，圓圓用力太猛，竟收不住身子，跌進了湖中。

圓圓只覺得身體在不斷地往下沉。湖水冷冰冰的，可圓圓的心更冷。他真想大哭一場，自己死了不要緊，沒有人回去報訊，醫生哥哥會死的。正當他裂開嘴要哭的時候，驚奇地發現，自己沒有繼續往下沉，而是……

眼前一亮，圓圓奇跡般地浮上了水面，又被一陣芳香的風帶着，輕輕落在草地上。

圓圓定睛一看，只見面前站着一個美麗的女孩子，小小的嘴，含笑的眼睛，身上穿着綠色的綴滿了珍珠的衣服。啊，不就是剛才唱歌的女孩嗎？

女孩微微一笑，説：「你好，我是百草仙子。」

圓圓連忙朝女孩鞠了個躬，説：「我是小木棒圓圓。謝謝你救了我。」

「你幫我趕走了大灰狼，我還沒謝你呢！你這叫好心得好報。」百草仙子看了看圓圓，問，「這裏渺無人煙，你怎麼跑到這裏來了？」

圓圓説：「醫生哥哥為了治好病人上山採藥，不小心從懸崖摔了下去，受傷昏迷了。我找人去救醫生哥哥，卻迷了路。仙子姐姐，你能帶我回百草村嗎？」

百草仙子説：「我得趕緊去通知姐妹們大灰狼出現的

事，免得她們遭殃。你閉上眼睛吧，我讓風叔叔送你回去。」

圓圓聽話地閉上了眼睛。只覺得身體凌空飛起，又聽到耳邊風聲呼呼，等到身體輕輕着地時，他張開眼睛，驚喜地發現自己已經回到了百草村。

圓圓一進村，便剛好碰到了在地裏幹活的大個子叔叔。聽到醫生哥哥上山採藥遇險，叔叔急壞了，他把柴一扔，把圓圓揣在口袋裏，就邁開大步，朝南山奔去。

去到南山腳下時，天已經黑了。上山的路本來就不好走，加上這天沒有月亮，周圍黑咕隆咚的，大個子叔叔走着走着，就迷路了。

「醫生哥哥，你在哪裏?!」圓圓急得渾身發熱，就像要冒出火來。

圓圓彷彿看到醫生哥哥躺在地上，生命正逐漸離去，圓圓急得哭了。怎麼辦？怎麼辦？怎樣才能在這伸手不見五指的山上找到路呢？星星，月亮，你們怎麼不出來呀？螢火蟲，你們躲哪裏去了？圓圓從來都沒像今天這樣渴望光明，哪怕是一丁點也好。

大個子叔叔忽然驚喜地喊了一聲，他竟然在口袋裏發現了一盒火柴！

有火就有光明，圓圓和大個子叔叔都高興極了，大個子叔叔找到一條樹枝，小心翼翼地擦亮了一根火柴，想把樹枝點燃。

可是，因為白天下過雨，樹枝太濕，用了好幾根火柴都沒能點燃。大個子叔叔再一摸，發現火柴盒裏只剩下了一根火柴。

如果這次再不能點燃樹枝，就很麻煩了。

當大個子叔叔咬咬牙，擦亮最後一根火柴時，圓圓跳起來，一把打掉了叔叔手中的濕樹枝，大喊一聲：「點燃我！」

「點燃你？」叔叔嚇了一跳，「你不也被打濕了嗎？」

圓圓抓過叔叔的手，摸着自己的身體，説：「不，我是乾的！」

原來，剛才圓圓着急時，發出的熱能早把自己烘乾了。

叔叔拿着火柴的手顫抖着，他下不了手。雖然圓圓只是一根木棒，但他是一根早就贏得了村民們喜愛的善良的木棒啊！他實在不忍心把圓圓點燃，他知道木棒被燃燒的後果。

圓圓堅定地説：「點吧，救醫生哥哥要緊！」

他説完，便撲向火柴，乾燥的木棒碰到火，呼地一下燃燒起來了。圓圓大喊：「叔叔，抓緊時間，快走！快去救醫生哥哥！」

大個子叔叔的眼淚嘩地流了出來，他忍住悲痛，高舉起木棒，借着火光找到了上山的路，又很快找到了醫生哥哥。這時候，醫生哥哥已是呼吸微弱，奄奄一息了。大個

子叔叔趕緊背起醫生哥哥，快步下山去。

圓圓努力地讓自己發出最亮的光，為大個子叔叔照着路，當下到半山時，他已經快把自己燃盡了。幸好，這時星星月亮，還有小螢火蟲都出來了，他們好像聽到了圓圓的呼喚，用自己的光芒，默默地照着下山的路。

這時圓圓已經變成了一截焦炭，他知道自己快要死了。他用微弱的聲音對大個子叔叔説：「叔叔，你快走吧，救哥哥要緊，你別管我了。」

叔叔流着眼淚，把圓圓輕輕放在一片碧綠的葉子上，背着醫生哥哥離開了。

一陣狂風吹來，颳起的泥土埋住了圓圓的半邊身子，圓圓知道自己快要從世界上消失了，但他一點也不難過。他知道醫生哥哥恢復健康以後，一定還會治好很多很多人，會救下許多許多條生命，他覺得，自己死得很值。

又一陣狂風吹來，颳起的泥土把圓圓埋起來了，圓圓什麼也看不見了，他微笑着閉上了眼睛。

不知過了多長時間，圓圓醒了。啊，他又看見了頭上的太陽，又看到了綠樹，看到了青山。他驚訝地感到了自己的體內有一種萌動的感覺，他簡直難以相信自己的眼睛——自己燒焦的身體長出了嫩芽，長出了軀幹，長出了葉子，長出了花朵，長成了一棵參天大樹。他頭一次看到太陽離自己這麼近，頭一次看到大地離自己這麼遠，

彷彿一切都在自己腳底下。

他想起了自已曾經做過的那個夢，還是在夢中嗎？圓圓自言自語地說。

「好圓圓，不是夢。由於你的善良，你的捨己救人，你的夢想終於實現了。」百草仙子笑盈盈地站在圓圓面前。

「謝謝你，百草仙子！」圓圓高興得搖頭擺腦的，滿身的紅葉和紅花也在搖動，就像漫天飄動的紅霞。

從此，圓圓就在南山安家了，他用自己高高的樹幹，火紅的葉子和花朵，替上山下山的人們指路。平常，他總喜歡朝着百草村的方向，看着醫生哥哥像往常一樣治病救人，看着善良的村民幸福地生活和勞作，看着小娃娃們健康快樂地成長……

有一天，醫生哥哥背着背囊上山採藥來了。因為有了救命樹的指引，醫生哥哥很快到了目的地，採到了需要的藥材。下山經過救命樹時，醫生哥哥停了下來，仰頭看着那高大的軀幹，看着那茂密、火紅的葉子和花朵，自言自語地說：「圓圓的夢想就是成為一棵像你這樣的參天大樹，可惜他為了救我獻出了自己的生命。圓圓，你知道嗎？我好想你！」

圓圓很激動，他拚命擺動自己的枝和葉，嘩嘩地說着樹的話：「醫生哥哥，我也想你！醫生哥哥，我就是圓圓啊！」

　　可惜醫生哥哥不懂樹的語言，仍然一臉難過地站在救命樹前面，緬懷小棒子圓圓。過了一會兒，他轉身準備走了。

　　圓圓急了，他借着突然颳來的一陣大風，啪的一下折斷了自己身上一根長圓形的樹枝，拋到醫生哥哥面前。醫生哥哥彎腰撿起，眼睛一亮，說：「小棒子，是你嗎？」

　　圓圓激動地喊道：「是我！是我！」

　　醫生哥哥好像聽懂了，但又好像沒聽懂，他珍惜地把樹枝放進背囊裏，說：「小棒子，回去幫我舂藥吧！以後我們又可以在一起了。」